이수현 장편소설

비늘

비늘

초판 1쇄 인쇄 · 2025년 9월 19일
초판 1쇄 발행 · 2025년 9월 26일

지은이 · 이수현
펴낸이 · 한봉숙
펴낸곳 · 푸른사상사

주간 · 맹문재 | 편집 · 지순이 | 교정 · 김수란
등록 · 1999년 7월 8일 제2-2876호
주소 · 경기도 파주시 회동길 337-16 푸른사상사
전화 · 031) 955-9111(2) | 팩스 · 031) 955-9114
이메일 · prun21c@hanmail.net
홈페이지 · http://www.prun21c.com

ⓒ 이수현, 2025

ISBN 979-11-308-2325-6   03810
값 18,500원

저자와 합의하여 인지는 생략합니다.
이 도서의 전부 또는 일부 내용을 재사용하려면 사전에 저작권자와
푸른사상사의 서면에 의한 동의를 받아야 합니다.
이 도서의 표지 및 본문 레이아웃 디자인에 대한 권한은 푸른사상사에
있습니다.

이 책은 세종특별자치시와 세종시문화관광재단의 후원으로 발간되었습니다.

72
푸른사상
소설선

비늘

이수현 장편소설

작가의 말

어린 시절, 저는 종종 상처 위에 비늘이 돋는 상상을 하곤 했습니다. 깊게 벗겨진 상처는 검붉게 부풀어 스치기만 해도 따끔댔고, 시간이 아무리 흘러도 통증은 무뎌지지 않았어요. 딱지가 생기기까지 기다리기엔 너무 오래 걸렸기에, 차라리 살처럼 단단한 비늘이 차오른다면 더는 아프지 않을 것만 같았습니다.

달리다 넘어진 무릎의 상처뿐 아니라, 누군가 무심코 던진 말이 남긴 마음의 생채기, 차가운 시선과 비교, 질시의 언어들까지. 어쩌면 우리는 모두, 작고 연약했던 시절부터 보이지 않는 흔적을 품고 자라는 존재인지도 모릅니다. 치유되지 못한 감정은 시간을 거슬러 온기를 밀어내고, 끝내는 스스로를 차가운 고통 속에 가두곤 했지요.

『비늘』은 얼어붙은 마음에서부터 빚어낸 이야기입니다. 사랑받지 못한 인간이 타인의 상처를 마주하며, 조금씩 제 몫의 비늘을 벗겨내고, 누군가에게는 단단한 보호막이 되어주는 민낯의 이야기. 우리가 선 자리의 흔들림과, 아스라한 경계에서 느끼는 철저한 고립감, 그러함에도 타인을 향해 손을 내미는 순간을 기록하고자 했습니다.

누군가는 '가족'이라는 이름으로 가장 깊은 상처를 남기기도 하고, 어떤 사랑은 말 대신 침묵으로 더한 아픔을 줍니다. 하지만 벼랑 끝 모든 부재의 나날에도 여전히 서사는 계속됩니다. 온전히 이해받고 싶었던 마음, 이내 들켜버린 적막, 그리고 언젠가 도달하리라 믿고 기다려온 따사로움처럼. 소설을 창작하며 저는 '비늘'이 단지 상처의 껍질이 아니라는 걸 깨달았습니다. 그것은 외면하고 싶은 면면이 아니라, 올곧은 자신만의 방식으로 견디고, 부단히 살아낸 시간의 역사라는 것을요.

당신이 촘촘히 지나쳐온 시간을 제가 다 헤아릴 수는 없지만, 가공된 이야기 속 어딘가에서 찬찬히 숨 고르며 미소 짓고, 조금이라도 위로받으셨기를 바랍니다. 혹시 지금, 삶의 경계 너머 차가운 바람과 마주하고 있다면, 제 방식의 위로가 당신께 잠시 머물 수 있길 바랍니다.

작품이 세상의 빛을 볼 수 있도록 함께해주신 세종문화재단과 푸른사상사 관계자 여러분께 깊이 감사드립니다. 늘 곁에서 지지해주는 사랑하는 가족, 그리고 제게 글의 기쁨을 알려주신 노은희 선생님께도 마음을 다해 인사드립니다.

당신들 덕분에, 나는 상처 위에 비늘을 덧댈 수 있었습니다. 그것이 아픔이 아닌, 견디고 지나온 시간의 무늬가 될 수 있었습니다. 앞으로의 가능성을 신뢰하며 멈추지 않고 나아가겠습니다. 더딘 걸음을 응원해주신 독자 여러분께도 무한한 감사를 드립니다.

2025년 가을
이수현

차례

작가의 말 5

1 배드 파더스 9
2 비늘 뒤의 얼굴 33
3 겨울의 끝자락 61
4 빈자리 83
5 비늘의 증명 105
6 물물교환 135
7 눈먼 진실 161
8 황금빛 축복 181

1
배드 파더스

배드 파더스

"그까짓 돈 주면 되잖아."

투명한 막 너머로 정아는 아버지를 처음 보았다. 짧게 자른 머리칼과 둥그스름한 눈매, 건장한 체격의 남성은 누가 본다면 범죄자로 생각지 않을 정도로 멀끔하고 단정한 모습이었다. 그는 푸른색 수감복을 입고 있었고, 줄이 없는 찍찍이 운동화를 신은 채였다. 의뢰인은 한참 말을 잇지 못했다. 정아는 애써 자세를 고쳐 앉고, 치마 끝단을 정리했다. 처음 보는 아버지에게 예쁘게 보이고 싶었던 것일까. 난 당신의 딸이에요. 한참 어린아이는 입술 끝으로 말간 내뱉지 않을 뿐 손끝부터 발끝까지 온 기운을 모아 그에게 자신의 존재를 증명하려 애쓰고 있었다. 절실한 눈빛으로 그를 바라보았지단, 정아의 기대와는 달리 그는 정아에게 단 한 번의 눈길도 주지 않았다. 다만 의뢰인만을 향해 계속 쏘아붙일 뿐이었다. 꼭 이렇게까지 해서 나를 이런 후진 곳에 처넣어야 했던 거냐고. 전과자를 만들어야만 속이 시원하냐고 바락바락 소리를 지르는 남성의 이마 위로 핏줄이 섰다.

어디서 저런 덜 떨어진 걸 데려와서. 그의 마지막 말은 정아를 지칭하는 것이 분명했고, 의뢰인은 서둘러 정아를 품에 감싼 채 아이의 귀를 막았다. 하지만 이미 늦은 상태였다. 한겨울, 얇고도 얇은 어머니의 점퍼에 휘감긴 채 정아는 생각했을 것이다. 온몸에 일어난 자신의 비늘 때문이었을까. 다른 아이들과 같이 뽀얗고 말캉한 살결을 가진 아이였다면 아버지는 자신을 반기고 귀엽다고 해주었을까. 정아는 큰 소리에 놀랐는지 울음을 터뜨렸고, 나는 서둘러 뛰어가 정아를 안은 채 밖으로 나왔다. 아이의 손끝에서 내 팔로 전해지던 희미한 떨림을 기억한다. 서걱거리던 낯선 느낌에 잠시 당황했지만 금세 사라져버렸다. 몇 분 뒤, 의뢰인 역시 파리해진 표정으로 문을 열고 나왔다. 그렇게 그날의 면회는 종료되었다.

의뢰인과 서울로 돌아오는 동안, 그녀와 난 한마디 말도 하지 않았다. 차 안의 후끈한 히터 열기로 정아는 새근새근 잠이 든 상태였고 의뢰인은 창밖만 주시할 뿐이었다. 세상은 온통 새하얗게 변해 있었다. 수북이 쌓인 눈길, 아이와 오롯이 추위를 뚫고 갈 그녀의 얇은 점퍼가 마음에 걸렸다. 이제 아이 아버지가 수감 되었으니 양육비를 받을 수 있을 거라고. 중단했던 정아의 치료 역시 다시 진행할 수 있으리라는 좋은 소식으로 분위기를 풀고만 싶었다.

처음 사무실로 들어오던 모녀는 작은 눈사람 같았다. 서로만을 의지한 채로 꼭 붙어 도르르 굴러오는 슬픈 눈사람. 매서운 추위에 바람 한 점 들어오지 못하게 힘껏 동여매고서 눈만 빼꼼 밖으로 나와 있을 뿐이었다. 외투를 벗은 정아는 몸을 벅벅 긁었다. 놀라지 않으려 애써 헛기침했다. 어린아이의 손톱이 지나간 자리에는 피가 고여 있었고, 어머니였던 의뢰인은 정아가 스스로 해하지 못하게 손을 꼭 붙잡고 있었다. 의뢰인은 정아가 희귀병 중 하나인 어린선을 앓고 있다고 했다. 피부 가장 바깥의 각질이 지나치게 성장하며 피부를 계속 건조하게 만들고, 비늘 같은 각질을 일어나게 만드는 유전적 질환. 얼핏 보면 피부 위에 돋은 비늘이 반짝이는 것 같기도 했다. 그 생경한 촉감이, 지금껏 아이가 살아온 나날이 평탄지 않았음을 암시하는 듯했다.

"따로 산 지는 육 년 정도 되었어요. 아픈 애라는 걸 알고선 집을 나가 돌아오지 않았어요."

"양육비는 얼마나 받으셨나요?"

"한 푼……도 못 받았습니다."

의뢰인은 입술을 꾹 깨물었다. 야윈 몸은 가을 갈대처럼 휘청거리고 있었다. 이혼 전문 변호사로 일한 지 십수 년이 되었어도 아직도 이런 사례를 마주하는 건 가혹하고 가슴이 아팠다. 소득에 따라 산정된다는 것을 인지하고 아이 아버지는 잘 다니던 대기업을 바로 그만두었다. 의뢰인의 전화에도 남성은 현재 자신이 벌이가 전혀 없는 상태라 양육비 한 푼 줄 수 없다고 했다.

"그런데요, 변호사님. 제 친구가 그 사람 SNS를 통해 본 일상은 그게 전혀 아니었거든요."

그녀는 말을 제대로 잇지 못한 채, 고개를 푹 숙인 채 어깨를 넘실댔다. 상담기록서를 쓰던 나는 펜을 꼭 쥘 수밖에 없었다.

"매일 골프에 해외여행에, 저 말고 다른 사람과 새살림을 차렸는지 신나게 돈을 쓰고 다니더라고요. 어떻게 할 수 있는 방법 없을까요?"

몇 개월 전부터는 연락처를 차단당해 이젠 자신의 전화조차 받지 않는다며, 의뢰인은 깊은 한숨을 내쉬었다. 부담되는 금액에 아픈 아이의 치료를 중단한 순간, 이래선 안 되겠다는 생각이 번쩍 들었다고 했다. 이미 알고 있었다. 제 핏줄을 단 한 톨도 생각하지 않는 이들, 수많은 이혼 사례를 전담하며 양육비를 주지 않는 아버지의 특징을 난 너무나도 잘 알고 있었다.

그들 중 몇몇은 거짓으로 관계를 시작하는 경우가 있었다. 바로 직전 맡았던 의뢰인, 유정의 사례가 꼭 그러했다. 상담하러 온 이십 대 초반의 유정은 동공은 넋이 나간 듯 풀려 있었고, 품 안에는 이제 갓 돌이 지난 쌍둥이 아이 둘이 안겨 있었다. 아이들은 뭣도 모른 채 헤실헤실 웃고 있었다. 연애 때부터 달콤한 사랑만을 속삭이던 전남편 박 씨를 철석같이 믿은 게 잘못이었다. 박 씨는 출신 학교 졸업 증명서, 토지 문서, 통장 잔고, 사업 규모까지 조작해 빠른 결혼을 종용했다. 부족함 없이 살게 해주겠다는 거짓으로 그녀를 홀려놓고, 임신하자마자 그녀 명의의 고금리 대출을 받았다.

"사업을 하면 급하게 자금이 필요할 때가 있을 거라는 생각으로 매번 이해하려 애썼어요. 믿어보고 싶었거든요."

유정은 이젠 한 가족이라는 마음으로 믿고 명의를 내주었지만, 돌아오는 건 배신뿐이었다. 신용불량자가 되고 난 뒤에야 정신을 차렸지만, 박 씨는 이미 새로운 상대를 찾아 도망간 이후였다. 친동생 명의로 수십억 원대 아파트를 바꿔놓고, 임대 아파트에 거주하거나 소득이 안 잡히도록 처리하는 경우가 허다했다.

이십 대 창창한 나이에 이미 두 아이의 엄마가 된 유정의 머리칼은 의도치 않은 투톤이었다. 몇 년 전에 했던 염색모가 이미 귀 옆까지 자라난 상태였기 때문이다. 민낯의 파리한 얼굴에선 어떠한 생기도, 활력도 느껴지지 않았다. 뿌리염색이나 화장, 나를 가꿀 작은 여유조차 사치였을 것으로 생각하니 마음이 아렸다. 유정이 변호사 사무실을 찾아오기 전 아이 아버지를 딱 한 번 만난 적이 있다고 했다.

"추운 겨울이었어요. 눈이 펑펑 오는 날, 수소문해서 겨우 찾은 집 앞에서 그 사람 오기만을 기다리고 있는데 도리어 저를 보고 화를 내는 거예요. 양육권이 없는데 왜 내가 그 애들을 책임져야 하느냐고요."

짜증 섞인 말을 듣고 유정은 차갑고 날카로운 얼음 조각이 온몸을 찔러대는 듯 아팠다고 했다. 떡두꺼비같이 생긴 쌍둥이 아들들이 자길 닮았다며 좋아하던 때는 언제고, 목적이었던 돈을 받고 바로 안색과 태도가 변해버린 그 사람. 온종일 기다린 것이 무색하게 남자는 쾅 하고 대문을 닫고 들어가버렸다. 집 안에선 곧 아이들의 깔깔거리는 웃음소리, 그리고 고소하고 따뜻한 밥 짓는 냄새가 전해져왔다.

그의 이기적인 행복이 얼마 동안 갈지 알 수는 없으나 당장 유정은 평범한 일상조차 누릴 수 없는 현실이 비참했다. 자기는 돈 몇 푼이라도 받아보겠다고 몸이 불편한 친정어머니에게 쌍둥이 아이들을 맡기고 왔는데. 현실을 자각한 순간 오히려 머리가 맑아졌다. 그 사람에겐 더는 인정의 호소가 통하지 않는다는 판단이 서자 그녀는 나를 찾아왔다. 서류를 넘겨주던 중, 그녀의 손과 맞닿았을 때 이상하게 마음이 저릿했다. 나는 그들의 건강한 터전이 위협받지 않도록 지켜주고 싶었다. 하지 않아도 될 선택을 피하도록 내가 알고 있는 지식과 절차를 최대한 활용해 힘껏 돕고 싶었다.

얼마 전, 유정이 보내온 편지 봉투에는 쌍둥이 아이들이 훌쩍 커 있는 사진이 들어 있었다. 직접 찾아뵙지 못해 죄송하다는 이야기로 시작된 편지에서는 삶을 향한 긍지와 새로운 변화가 엿보였다. 편지 위로 그녀의 앳된 얼굴이 겹쳐 보였다.

'변호사님. 양육비를 받기 전, 세상은 모두 제 편이 아니라고만 생각했어요. 모두 저와 제 아이를 버린 것 같았고요. 덕분에 우리 세 식구 소박한 행복을 누리며 살고 있어요. 첫째, 동재는 책을 참 좋아해요. 부족한 엄마지만 일 끝나고 돌아온 밤마다 책을 읽어주려 노력합니다. 둘째, 동한이는 장난꾸러기이지만 참 복스럽게 밥을 잘 먹어요. 아이가 커가는 모습을 지켜볼 수 있다는 일만으로도 얼마나 큰 기적인지 모르겠어요. 감사합니다.'

꾹꾹 눌러가며 적어낸 진심 위로 잉크가 번진 자국이 몇몇 보였다.

이젠 유정이 제 삶과 마음 역시 잘 돌볼 수 있기를 온 마음으로 바랐다. 편지 뒷면에는 추신도 적혀 있었다.

'참. 사실 변호사님이 되게 무서운 분인 줄로만 알았는데, 마음이 이토록 따뜻하신 분이라는 걸 이제야 깨달았어요. 오해해서 죄송합니다.'

나는 편지를 고이 접어 서랍에 넣었다. 믿었던 사람이 등을 돌렸을 때, 세상의 끝에서 주저앉지 않도록 법의 근거를 들어 그들을 지탱해 주는 것. 그것이 내가 할 일이었다. 똑똑. 때마침 김 비서가 큰 박스 하나를 들고 안으로 들어왔다. 변호사님, 택배가 와서요. 커다란 감귤 한 박스. 누가 보낸 거지? 발신인을 확인하니 양.보.영이라는 이름이 적혀 있었다.

나는 제주가 고향인 보영을 떠올렸다. 일 년 전 담당한 사건의 의뢰인, 보영은 금방이라도 쓰러질 듯한, 초췌한 행색으로 나를 찾았다. 양육비 소송을 진행한 지 얼마 되지 않아 그녀의 전남편은 내게 고소장을 보냈다. 그를 만났을 때, 보영은 미성년자였고, 그녀의 남편은 나와 동종 업계에서 일하고 있는 인권 전문 변호사였다. 그들의 첫 만남은 헬퍼와 가출 청소년의 위치였고, 갈 곳 없는 보영은 헬퍼인 전남편의 집에 순순히 들어갔다. 부모의 보호가 없는 아이라 쉽게 생각했는지, 전남편은 시도 때도 없이 결혼 약속을 내세워 원치 않는 보영과 성관계를 맺었다는 것이었다.

하지만 변호사 사무실에 쳐들어온 남자는 적반하장으로 나와 보영에게 삿대질을 해댔다.

"다 필요 없고, 대표 변호사 당장 나오라고 해."

2 : 8 가르마가 인상적인 그 남자는, 와이셔츠 배 부분이 빳빳하게 나와 금방이라도 터질 것 같았다. 보영은 고개를 숙인 채 내 뒤에 살짝 숨어 있었다. 남자의 위협이 두려운 것 같았다. 그는 화를 주체하지 못하고 고함을 쳤다. 근본도 없는 것을 데려다가 먹어주고 재워줬더니 떡하니 애를 데려와서, 이젠 돈까지 내놓으라고 한다며, 자기 재산을 노린 채 벌어진 악질 사기극이라는 이야기였다. 당당함을 넘어 살짝 내려앉는 미간 속, 억울해 보이기까지 하는 그의 태도에 난 잠시 마음이 주춤거렸다. 혹시나 하는 의심이 마음 깊은 곳에서 뭉근한 연기처럼 자라났다. 보영은 비에 젖은 새처럼 바들거리며, 한참 말이 없었다.

비슷한 풍경이 겹쳐 보였다. 그날을 떠올리면 여전히 양팔에 소름이 돋는다. 악몽처럼 뒤엉킨 사건을 풀어내느라, 매일 한 줌씩 머리카락이 빠져나갔던 기억이 생생하다. 삼 년 전, 짧은 머리의 의뢰인은 자신을 모나라 소개했다. 독특한 이름답게, 그녀는 성격에도 레모나처럼 톡톡 튀는 구석이 있었다. 모나는 전자 담배를 입에 문 채로 빨간 구두를 신은 채, 변호사 사무실에 들어왔다. 금세 매캐한 전자 담배 향이 사무실을 가득 메웠다. 나는 아이를 의식하며 재빨리 창문을 열었으나, 그녀는 눈 하나 깜짝하지 않았다. 오른쪽 뺨 위에는 작은 점이 찍혀 있었고 붉게 바른 입술과 대조되는 노란빛 단발머리가 범상치 않았다.

　여자가 몇 차례 사무실을 드나드는 동안, 아이를 직접 안은 모습을 본 적이 없었다. 아이는 늘 보모의 품에 안겨 있었고, 온몸엔 명품 베이비라인이 겹겹이 씌워져 있었다. 금세 자랄 아이에게 저런 고가의 옷이라니, 어딘지 유난스럽다는 생각이 들 무렵, 모나는 묻지도 않았는데 자신의 이야기를 술술 풀어냈다.

　뜬금없이 꺼낸 첫마디는 이랬다. 이 아이는 모 대기업 회장의 혼외자이고, 자신은 그 집안으로부터 양육비는 물론 정신적 위자료까지 받아내고 싶다는 것. '회장'이라는 단어를 말할 때 살짝 올라가는 그녀의 입꼬리에서는, 대기업 회장의 아이를 낳았다는 사실에 대한 은근한 자부심이 묻어났다. 상담 이후 절차대로 소송을 준비했는데, 얼마 지나지 않아 해당 기업 측에서 맞고소가 들어왔다. 내용을 찬찬히 훑어보니 모나의 아이가 회장의 친자식이 아니며, 협박 및 허위 사실 유포죄로 고소를 진행하겠다는 내용 증명서였다.

　모나는 상대의 반응에 적잖이 당황한 듯 보였다. 우린 결백하니 유전자 검사 결과를 상대에게 먼저 전달하자는 내 제안에 의뢰인은 고개를 저으며 바락바락 소리를 질렀다.

　"나랑 그 회장이 잤다는 사실이 변하지 않는데, 왜 이제 와 저 영감탱이는 오리발이야!"

　나는 이마를 짚으며 모나를 타일렀다. 관계를 맺었다는 여부보다 실제 이 아이가 회장의 친자인지가 더 중요하다는 나의 설득에도 그녀는 의견을 굽힐 줄 몰랐다. 차일피일 유전자 검사를 미룰 때부터 알아봤어야 했다. 수사망이 조여오자 마침내 그녀는 고백했다. 사실 아이는 회장의 수행 비서와의 사이에서 태어났으나, 어떻게든 회장의 자식인 것처럼 꾸며줄 수 없겠냐는 것이었다. 나는 거짓을 변호할 뜻도, 친자가 아닌 아이를 친자로 둔갑시킬 재주도 없었다. 언론을 두려워하는 재계의 약점을 노려 한몫 잡아보려던 속셈이었으리라. 사건을 혼자 맡았던 나는 고소를 취하시키고 추가 분쟁을 막기 위해 끝내 땀을 뺄 수밖에 없었다.

간혹 상대방의 친자가 아님에도 불구하고, 고의로 명예를 훼손하거나 금전적 이득을 노리는 악의적인 소송이 제기되곤 했다. 그런 사건들을 몇 차례 마주하고 나자, 나도 모르게 사실관계에 집착하게 되었다. 의뢰인의 주장이 언제나 그대로 법적 해석으로 이어지는 것은 아니었고, 사건은 늘 복잡하게 얽혀 있어 다양한 쟁점을 안고 있었다. 점차 나는 표면 아래 숨겨진 진실에 닿기 위해 더 깊이 파고들 수밖에 없었다.

남자가 한바탕 소란을 피우고 돌아간 날, 나는 조용히 의뢰인 보영을 바라보았다. 물기를 머금은 솜처럼 축 가라앉은 그녀에게선 어떤 기운도 느껴지지 않았다. 예전에 나를 교묘히 속였던 모나와는 분명 다른 결이었다. 수없이 같은 말을 들어 귀에 못이 박였는지, 대질심문 내내 보영은 끓는 물 속에서 천천히 익어가는 개구리처럼 아무 말 없이 고개를 떨군 채 땅만 바라보았다. 그런 사람의 아이를 혼자

낳기로 마음먹기까지, 그녀 곁엔 따뜻한 가족도, 마음을 기댈 친구도 없었을 것이다. 자연스레 내가 아팠던 시절을 떠올렸다. 확신은 없었다. 그럼에도 이번만큼은, 나는 다시 한번 사람을 믿어보기로 했다.

사무실 창밖으론 연둣빛 나뭇잎들이 햇살을 받아 반짝였고, 봄의 싱그러움을 만끽하려는 사람들이 삼삼오오 모여 공원을 돌고 있었다. 하지만 보영에게는 그런 생명의 기운을 느낄 여유도, 의지도 남아 있지 않았다. 그녀는 말없이 손톱 끝의 거스러미를 뜯고 있었다. 살점이 다 벗겨져 손끝에서 피가 고였지만, 그런 통증쯤에는 이미 무감각해진 듯, 표정은 멍하니 흐려져 있었다. 아이가 울자, 현실을 인식한 듯 그녀는 퉁퉁 부은 젖을 꺼내 아이의 입에 물렸다. 찢어질 듯 터져 나오는 울음소리와, 억눌린 잿빛 현실이 그녀 안의 모든 생명력마저 바짝 말려버리고 있었다. 젖을 물리는 동안 그녀는 울지도 않았고, 그저 멍하니 허공만 응시했다.

나는 안다. 이런 사람들에게서만 풍기는 기운이 있다는 것을. 삶의 구겨진 탄성 속에서 은근히 스며 나오는, 눅진한 피로의 냄새. 조바심과 무력, 비탄이 겹겹이 쌓여 묵직하게 번지는 그 고단한 기색이, 어느새 내 마음속까지 스며들고 있었다.

여러 정황과 증거를 취합해보아도 원치 않는 성관계가 분명해 보였다. 여러 단체와 언론 앞에서 약한 자들의 인권을 주창하는 그자는 오히려 제 핏줄에는 관심조차 없어 보였다. 훗날 정계에 나설 때 이 일이 걸림돌이 되기라도 하면, 보영뿐 아니라 사건을 같았던 나에게까지 책임을 묻겠다며 그는 단단히 말을 박았다.

　다음 해 봄, 마침내 그자를 '배드 파더스' 명단에 올리는 데 성공했다. 그는 명단에서 자신을 내려만 준다면 당장 양육비를 보내겠다고 하며, 연신 전화를 걸어 사정을 늘어놓았다. 나는 단호하게 말했다. 소득에 따라 산정된 아이의 양육비를 먼저 보내야만, 절차에 따라 명단에서 제외할 수 있다고. 의뢰인의 울분 섞인 호소도, 간절한 눈물도 그자 앞에서는 무의미했다. 오직 법대로 처리할 때에만, 그들은 마지못해 꼬리를 내리고 비로소 자신이 지켜야 할 책임을 인식했다.

　그자가 결혼 이야기가 오가던 유명 정치인 자녀와 파혼했다는 소식은 신문 기사를 통해 확인할 수 있었다. 몇 개월 뒤 보영은 건강 음료 한 상자를 들고 다시 나를 찾아왔다. 그녀를 짓누르던 음울과 냉기는 모두 사라진 채였다. 내 덕에 국가에서 한부모 가정을 위한 아파트 제도를 알게 되었고, 얼마 전 새집에 입주했다는 소식을 전했다. 공공 임대지만 풀옵션에 아이 키우기에도 충분한 보금자리라 앞으로의 삶이 기대된다고, 처음으로 봄이 다시 오는 게 즐겁다고 했다.

　근황을 묻자, 보영은 요즘 돌봄 서비스를 이용해 아이가 유치원에 있는 낮에는 식당에서 서빙 일을 돕고, 밤에는 아이가 잠든 틈을 타 고등학교 검정고시를 준비하고 있다고 말했다. 한때 축 처져 있던 얼굴엔 제 나이답게 생기가 돌았고, 발그레 물든 두 볼을 바라보는 내 마음도 그제야 조용히 놓이는 듯했다. 그녀는 미처 챙기지 못했던 수임료가 늘 마음에 걸렸다고, 구겨진 하얀 봉투를 조심스레 꺼내 내밀었다. 삶의 고단함이 묻어난 봉투였지만, 그 마음이 고스란히 전해져 와 기꺼이 받았다.

"덕분에 양육비는 꼬박꼬박 잘 받고 있어요."

보영은 그렇게 말하며, 무표정한 내 얼굴 너머에 숨어 있던 인간적인 진심을 느꼈다고 덧붙였다. 그날 이후로 그녀는 계절이 바뀔 때마다 고향 감귤 상자를 보내온다. 나는 달고 시원한 귤을 한 입 베어 물었다. 상큼한 과즙 향이 입안 가득 터진다.

제 아이임에도 제대로 양육비를 지급하지 않는 아버지들은 모두 비늘을 쓴 채였다. 겉으로는 빛에 반사되어 반짝이고 탐스러운 빛깔을 뿜내는 비늘, 그 이면에는 진실을 숨긴 어두운 손내가 자리하고 있었다. 변호사 사무실 앞, 커다란 오동나무 끝에는 낙엽이 얼마 남지 않았다. 가을과 겨울이 줄다리기하는 계절 속, 사람들은 색색의 점퍼를 여민 채 바삐 길을 가고 있었다. 세상을 물들이는 수많은 색깔만큼, 무수한 종류의 사람들. 낯설면서도 익숙했던 불편함. 뇌리에 깊게 박힌 그 장면이 생생히 되살아났다. 며칠 전 낯익은 번호로 문자 메시지가 한 통 왔다.

"언니야, 나랑 어디 갈 데 있다."

법대 동기 지연이었다. 언니야 하며 웃을 때 반달처럼 둥글어지던 눈주름과 사근거리는 말투가 눈앞에 그려졌다. 그러고 보니 꽤 오랫동안 연락을 못 했구나. 지난 만남을 헤아려보며 얼추 햇수를 세어보았다. 지연은 고시 생활 내내 유일하게 마음을 나눌 수 있던 동생이었다. 타지에서 혼자 지내면서도 워낙 곰살맞고 손이 큰 성격이라, 중요한 일이 있을 땐 꼭 나를 집으로 불러 집밥을 해주곤 했다. 변호사 시험에 합격하자마자, 지연은 곧장 부산으로 내려갔다. 함께 대형 로펌에 들어가자던 내 설득도, 지방에서 홀로 변호사 사무소를 운영하던 아버지를 돕고 싶다는 그녀의 단단한 마음을 꺾을 순 없었다. 그땐 서운하기도 했지만, 지연을 키워낸 아버지의 고생을 모르는 건 아니었다. 반가운 마음에 손이 먼저 휴대폰으로 향했다. 오랜만에 만난 지연은 얼굴이 밝아 보였다. 만남의 기쁨도 잠시, 그녀는 나를 서울 근교 허름한 아쿠아리움으로 데려갔다. 그 앞에서 표를 받는 경비 아저씨는 수상한 눈빛으로 나를 쳐다보았다. 푹 눌러쓴 경비 모자 사이로 살짝 뜬 실눈이 들어왔다. 왠지 기분이 꺼림칙했다.

"애도 아니고, 무슨."

"여기 진짜 신기한 거 있데이."

어항이 거기서 거기지. 볼멘소리를 내뱉으려던 찰나, 눈앞에 펼쳐진 광경에 숨이 턱 막혔다. 사람 얼굴을 한 인면어 떼가 수족관 한 편을 가득 메우고 있었다.

"이게…… 대체 뭐야."

당황한 내 모습을 보고 지연은 깔깔 웃었다. 푸른 조명이 번져드는 거대한 수조 안, 인면어들이 유영하며 마치 우리를 들여다보는 듯했다. 수조 앞에 선 사람들 역시 무언가에 홀린 듯, 그 기이한 얼굴들을 멍하니 응시하고 있었다. 어디선가 본 듯한 장면이 겹쳐졌다. 다큐멘

터리 속 한 장면이었다. 사람처럼 생긴 로봇을 마주한 이들이, 낯설고도 익숙한 얼굴에서 시선을 떼지 못하던 모습. 그때 해설자는 말했다.

"닮았지만 완전히 닮지 않은 존재, 그 애매한 간극이 때로는 불쾌함을 만들어냅니다."

지금 내 눈앞의 인면어들이 바로 그 '불쾌한 골짜기'였다. 인간을 닮았지만 인간이 아닌 존재. 낯섦과 친숙함이 묘하지 얽힌 얼굴들. 두려운데, 도무지 눈을 뗄 수 없는 기이함이 서서히 니 안 깊숙이 스며들고 있었다.

어쩌면 인면어를 찾는 사람들의 마음도 비슷하지 않을까. 기괴하면서도 끌리고, 거부감이 들면서도 매력적인 나와 닮은 미지의 존재에 대한 궁금증. 이런 내 마음을 아는지 인면어 떼는 일관된 움직임으로 천천히 물결을 갈랐다. 몇몇 인면어가 눈에 들어왔다. 흰색 몸통 위에 동그란 점이 몇 개 찍혀 있는 인면어는 아주 느린 속도로 유영했다. 사람과 비슷하지만 하얀 동공 없이 까맣게 차오른 그 눈동자에서는 어떠한 감정도 읽을 수 없었다. 도톰하게 말린 입술은 마치 사람처럼 위아래로 움직였으나, 흐물거리는 움직임은 마치 이가 빠진 할아버지 틀니처럼 가소로웠다. 번들거리는 피부 위로 빛이 반사되었고 금방이라도 저 기괴한 존재가 수족관 벽을 뚫고 내 쪽으로 넘어올 것 같았다. 그 외에도 바닥에 거의 붙어 제 존재를 숨기려는 듯 천천히 유영하던 흑진주색 인면어. 머리 위에 혹이 볼록하게 나 있는 점박이 보라색 인면어, 도톰한 입술과 번쩍이는 비늘이 특징인 황금색 인면어, 사람의 모습을 하고 있는 것도 모자라, 뭔 놈의 색은 그렇게 또 많은지. 세상의 모든 인면어를 이곳에 다 모아놓은 게 아닐까. 색색의 인면어를 보며 정신이 어질어질했다. 나는 지연을 부르려 했다.

그때, 인면어 한 마리가 눈에 들어왔다. 마치 바다의 왕이라도 된 듯 수족관 전체를 유유히 휘젓고 다니던 황금빛 인면어였다. 그 녀석이 천천히 내 쪽으로 헤엄쳐왔다. 발걸음이 얼어붙어, 나는 한 발자국도 움직일 수 없었다. 인면어는 마치 내 심연을 꿰뚫어보는 듯, 또렷한 눈동자로 나를 찬찬히 응시했다. 처음엔 그저 사람 눈과 비슷하다고 생각했지만, 다른 인면어들과는 분명 무언가 달랐다. 입을 뻐끔이며 황금빛 비늘을 찰랑거리는 모습은, 어쩐지 '만져보라'고 유혹하는 듯했다.

찰랑.

어느새 나는 무의식적으로 손을 수조 안으로 집어넣고 있었다. 그 반짝이는 비늘, 한 번쯤 만져보고 싶다는 욕망이 나를 움직였다. 놀랍게도 황금 인면어는 도망치지 않았다. 오히려 조용히 내 손에 몸을 기대었다. 미끈거리는 비늘이 손끝에 닿는 순간, 짜릿한 전류가 번쩍. 온몸을 타고 퍼졌다. 눈앞이 번쩍이고, 온몸의 털이 곤두섰다. 등줄기를 따라 식은땀이 흘러내렸다.

"언니, 뭐 해!"

지연의 목소리에 정신이 퍼뜩 들었다. 나는 황급히 손을 빼냈다. 찰박거리는 물소리에 수족관 안의 사람들이 일제히 나를 바라보았다. 물고기와 교감을 나누는 예술가도 아니고, 수조에 손을 넣다니. 나도 내가 어이가 없었다. 황금빛 인면어는 내 얼굴을 바라보더니, 한쪽 아가미를 슬쩍 올려 마치 미소 짓는 듯한 표정을 지었다. 헛것을 본 걸까. 눈을 비벼봤지만, 녀석은 어느새 유유히 자리를 떠났다.

이상한 경험이었다. 맹한 눈, 비릿한 냄새, 물비늘의 낯섦. 나는 그런 분위기가 싫어 생선조차 잘 먹지 않는 사람이었다. 그런데도 녀석은 달랐다. 황금빛 인면어에게 닿았던 손끝이 아직도 이상하게 뜨겁고 민감하게 달아올라 있었다.

나는 괜히 지연을 탓했다.

"얘는 뭘 이런 걸 보러 가자고 해."

카페에서 아이스 아메리카노를 한 입 쭉 빨아들인 뒤, 몸을 부르르 떨었다. 이상한 기운을 어서 떨쳐내고 싶었다.

"거기가 국내 인면어를 한데 모아둔 국내 유일한 수족관이라 카더라. 언니야, 완전 신기하지 않나?"

지연은 가끔 보면 참 희한한 구석이 있었다. 나는 손을 내저었다. 국내 유일한 인면어 수족관이라는 것 치곤 겉모습이 허름하고 소박하기 짝이 없었다. 나는 퉁명스럽게 말했다.

"난 그런 징그러운 것들 관심 없어. 보기만 해도 소름 끼치잖아."

금세 지연의 표정이 굳어졌다. 힘없이 축 내려앉은 지연의 어깨에 손을 얹으며 나는 넌지시 이유를 물었다.

"글쎄, 난 사람 같지도 않은 사건들 상대하다 보면, 어쩔 땐 사람을 닮은, 말 못 하는 생물이 더 낫다는 생각이 들더라. 적어도 쟤네는 같은 종끼리 서로를 해하지는 않지 않나. 그냥, 보고 싶어서. 서울에 있는 언니야도 그렇고."

나는 커피를 한 모금 쭉 빨아들이며 찬찬히 지연의 얼굴을 훑었다. 못 본 새 지연은 살이 쭉 빠져 있었고, 눈가에는 주름이 더 많이 새겨져 있었다. 아직 삼십 대 중반밖에 안 된 지연의 머리엔 새치가 듬성듬성 쌓인 채였다. 요새 많이 힘드니? 조심스레 물어본 내 질문에 지연은 작은 목소리로 말을 이었다.

"지난달 내 맡았던 사건 중에, 아버지가 아들 죽인 사건이 있었거든. 사고사로 위장해가 보험금 타서 도박 빚 갚을라 했단다. 참 어이없지. 근데 그놈이 나 찾아와가 하는 말이 뭔 줄 아나? 똥구멍 찢어질 정도로 가난하게 사느니, 지 손으로 지 자식 죽이는 게 훨씬 인간적이지 않겠나 카더라. 그 말 하는 기 보는데 진짜 기가 차가 말도 안 나오더라. 그런 인간을 변호해야 하는 내 처지도 참……"

이혼, 양육비 소송을 전문으로 하는 나와 달리, 형사 사건까지 맡은 지연은 살인부터 강간, 강도까지 온갖 흉악 범죄자들을 상대해야 했다. 때로는 억울한 사람을 변호할 때도 있었지만, 대부분은 죄를 덜기 위해 변호사를 찾는 이들이었다. 변호라는 일은 단순한 법적 조력이 아니라, 죄와 벌의 무게를 저울질하는 일이었다. 그만큼 그 책무는 무겁고도 복잡했다.

"변호사님, 저 진짜 이번만 어떻게 잘 피할 수 있게끔 해주시면, 다시는 나쁜 짓 안 할 거거든요. 제발 이번 한 번만 감형될 수 있도록 변호만 잘해주시면…….”

법을 다루는 이들 앞에서 한없이 초라해지고 간절해지던 그들의 손길, 그리고 눈빛. 그 마음을 믿어도 되는 걸까, 지연은 내내 고민했을 것이다. 알고도 속아야만 하는 직업의 숙명이 때로는 너무 가혹하게 느껴졌다.

오랜만에 서울에 올라온 지연에게 나는 고급 레스토랑에서 저녁을 대접하고, 백화점에서 산 머플러를 조심스레 건넸다. 지연은 조금 놀란 듯, 그리고 어쩐지 감동한 표정이었다. 나는 괜히 민망해져 툭 내뱉고 말았다.

"포장은 바빠서 못 했어."

지연은 말 대신 나를 꼭 안아주었다. 빈틈없이 가득 찬 응원과 사랑이 전해지는 포옹이었다. 대학 시절부터 지연은 늘 그런 사람이었다. 말보다 먼저 마음을 전할 줄 아는 사람.

잠시 뒤, 지연은 조용히 몸을 떼고 내 얼굴을 한참 바라보았다. 그리고 특유의 눈웃음을 지어 보였다. 차에 올라탄 지연은 창문을 내리며 고개를 내밀었다.

"언니야, 나 간다. 안 본 사이에 언니야 얼굴이 좀 더 편해진 것 같아서…… 다행이다."

편해졌다고? 내 얼굴이? 나는 내 얼굴에 손을 얹었다. 그 뒤 그녀가 작은 점이 될 때까지 손을 흔들어주었다. 지연을 만나고 온 지 벌써 일주일이 지났다. 혹여나 열린 틈 사이로 바람이 들어올까 다시 창문을 꼭 닫았다. 색색의 인면어들 위로 정아의 친아버지 얼굴이 겹쳐 보였다. 그는 인면어보다도 못한 존재였다. 살아 있지만 살아 있지 않은 사람. 인간의 얼굴을 한 물고기처럼, 숨을 쉬며 핏줄을 이어가지만, 인간으로서의 도리는커녕 최소한의 책임도 지지 않는 자.

수감소에서 정아의 어머니를 향해 쏘아대던 그의 야비한 목소리를 떠올리는 순간, 다시는 그 입으로 달콤한 말 따위로 누군가를 속이지 못하게, 저 깊고 어두운 물속에 처넣고 싶다는 충동이 일었다. 인간의 탈을 쓴 채 끝없이 거짓을 말하던 그 목소리가, 심해의 냉기 속에서라도 잠잠해질 수 있다면.

나는 그가 양육비 지급을 고의로 미뤄온 사실을 근거로, 법적 구속 절차를 밟아 결국 구치소에 수감시켰다. 정아가 자신의 아버지를 처음 만나는 장소가 하필이면 구치소라는 사실은 안타까웠지만, 책임감이라곤 눈곱만큼도 없는 그에게는 마땅한 결과였다. 양육비 강제 집행을 위한 서류 작성을 위해 의뢰인은 마지막으로 다시 사무실을 찾았다. 연락이 닿지 않던 아이의 아버지를 마주한 그녀의 얼굴에는 쓸쓸함이 고스란히 배어 있었다.

치료를 중단한 정아의 상태 역시 꽤 심각했다. 온 얼굴을 뒤엎는 비늘이 하얗게 일어나 있었다. 엄마를 따라 의자에 얌전히 앉아 있던 정아는 간지러움을 참기 힘들었는지 와다다 문 옆으로 달려갔다. 옷걸이에 달린 막대 중, 제 키 정도로 보이는 막대에 온몸을 벅벅 비비며 참을 수 없는 가려움을 이겨내려 하는 것이었다. 의뢰인은 내 눈치와 함께 아이를 번갈아 보기 시작했다. 그리곤 애써 눈물을 닦은 채 아이에게로 달려갔다.

"변호사님, 가끔은 아이가 아픈 게 다 제 탓인 것만 같아요. 임신했을 때 그 사람 때문에 스트레스를 많이 받아서 그럴 걸까 싶기도 하고. 어린선은 국내 스무 명밖에 없는 희귀병이라는데, 제 마음이 아이의 병을 키운 것만 같아요. 왜 하필 우리 정아가……."

나는 고개를 세차게 저었고, 의뢰인의 손을 잡아주었다. 정아는 어린선 환자 중에서도 증상이 심한 경우라 세포의 변형을 억제하는 레티노이드 치료와 함께 꾸준히 보습 치료를 받아야 한다고 했다. 한 달에 백만 원이 넘는 치료비는 홀로 아이를 키우는 의뢰인에겐 부담되는 금액이었을 테다. 그래도 다행히 의뢰인은 얼마 전부터 일을 시작했다고 애써 밝게 웃어 보였다. 아이가 유치원에 가 있는 동안만이라도 짬을 내서 할 수 있는 보험설계사 일을 찾았다는 것이었다. 절망 속에서도 아이가 나아질 희망을 생각하면 뭐든 할 수 있다고 자부하는 의뢰인을 보며, 마음속에서 뭉근한 희망의 빛이 피어올랐다. 이제 곧 강제 집행을 통해 아이 아버지에게도 양육비를 받아낼 수 있을 터였다. 양육비 분쟁은 길고 힘겨운 싸움이어도 아이를 위해 꼭 받아내야만 하는 일이었다.

의뢰인이 전화를 받기 위해 잠시 자리를 비운 사이, 과자라도 사줄까 싶어 정아와 함께 밖으로 나왔다. 찬바람이 뺨을 스치고 지나갔지만, 정아의 작은 손은 내 손을 꼭 붙잡고 있었다.

신호등 앞에 멈춰 섰을 때, 정아는 맞은편에서 달려오는 제 또래 아이를 빤히 바라보았다. 그 아이는 튼튼한 다리로 뛰어왔고, 얼굴엔 생기가 돌았다. 슈퍼마켓 안으로 들어섰다.

과자 진열대 앞에서 정아는 조심스럽게 손을 뻗었다. 옆에서 과자를 고르던 또래 아이의 손과 마주쳤을 때, 정아는 그 손을 뚫어지게 바라보았다. 반짝거리는 피부, 도톰하고 매끈한 손. 정아는 말없이 자신과는 다른 그 손을 한참 바라보다, 조용히 눈길을 거두었다. 계산대 앞에 섰을 때, 슈퍼마켓 김 여사님이 반가운 얼굴로 다가왔다.

"어머, 변호사님! 오늘은 예쁜 꼬마랑 같이 오셨네요?"

김 여사는 들뜬 얼굴로 정아의 코앞까지 얼굴을 바짝 들이댔다. 그러다 정아의 뺨 근처에서 시선이 잠시 멈췄다. 말끝이 뚝 끊기더니, 얼굴이 굳었다. 당황한 기색이 분명했다. 하지만 정아는 놀라지도, 실망하지도 않았다. 익숙하다는 듯 말없이 내 손을 다시 꼭 잡더니, 밖으로 먼저 걸어 나갔다. 속상함을 숨긴 채 정아는 캐릭터가 그려진 막대 사탕을 맛있게도 먹었다. 이미 자신이 다른 아이들과 다르다는 것을, 진즉 깨우친 것 같았다. 정아의 그 씩씩함이 나를 더 가슴 아프게 만들었다. 의뢰인은 연신 감사하다는 인사를 전한 채 추운 밖을 향해 걸어 나갔다.

2
비늘 뒤의 얼굴

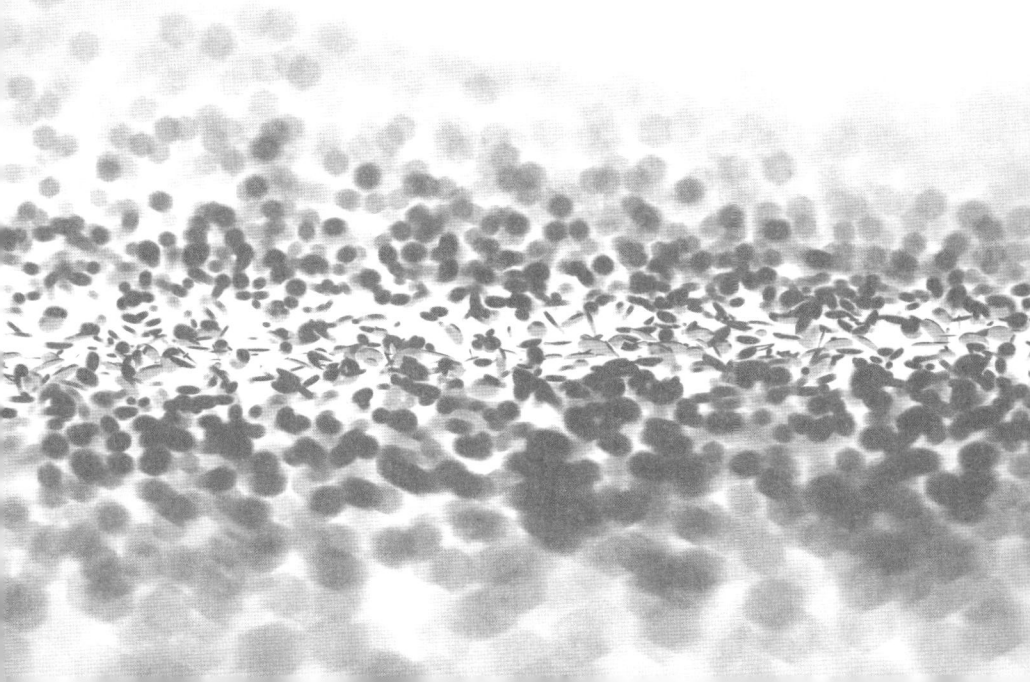

비늘 뒤의 얼굴

서류를 작성하다 보니 어느새 허공엔 달이 걸렸고, 나는 과거 맡았던 사건 현황을 확인하기 위해 다시 컴퓨터 앞에 앉았다. 그 아이가 내 의뢰인이 된 이상 끝까지 양육비를 받아낼 수 있도록 확인하는 것이 내 역할이었다.

타닥타닥타닥. '2020-10-30' 사건 번호를 입력하자 잠시 후, 푸른 화면에 사건과 관련된 모든 정보가 펼쳐졌다. 자연스레 미간이 찌푸려졌다. 자동으로 내 눈은 화면 위의 정보를 훑고 있었다. 양육비를 지급하지 않고 있는 아이 아버지의 이름, 법원에서의 판결 내역이 한눈에 들어왔고 양육비 미지급 기록이 갈수록 누적되그 있었다. 법정까지 가게 된 아버지들은 미안해서라도, 창피해서라도 양육비를 지급하는데, 이 사람은 정말 해도 너무하다는 생각이 들었다.

'양육비 미납, 연체 기간 6개월 이상.'

특이사항으로 쓰인 문구가 도드라지게 눈에 띄었다. 강제 집행 절차는 이미 시작되었고, 법원은 재차 그의 미납 책임을 인정했다. '현재 양육비를 지급할 상황이 아니다. 어렵다'라는 내용의 변호사 의견서를 보며, 다시 한번 그의 무책임함에 화가 치밀어올랐다. 변호사 수임에 돈을 쓸 여력이 있었더라면, 그 돈을 제 핏줄에게 줄 생각은 없었는지. 커서를 옮기니 그의 사회적 지위와 경제적 능력에 대한 기록이 나왔다.

  이십 년 차 유통 공장 관리직. 그가 근무하고 있는 곳을 확인하니 경기도 소재 약 삼백 평 부지의 공장이었다. 기재된 내용이 사실이라면 분명 벌이가 나쁘지 않을 터였다. 처음 어머니 대신 나를 찾아온 의뢰인은 부모 중 한 사람이 아닌, 그녀의 아들 영찬이었다. 앳된 얼굴에는 사춘기 소년 특유의 여드름이 알알이 박혀 있었고, 길게 기른 앞머리 사이로 살짝 보이는 눈에는 세상을 향한 날이 선 분노와 투지가 묻어 있었다. 그 당시 영찬은 한창 돈이 많이 들어갈 시기인 고등학생이었다. 달마다 들어가는 학원비와 이제 곧 들어갈 대학교의 등록금까지. 가정을 버리고 떠난 아버지의 도움 없이는 학업을 이어가는 게 쉽지 않았다. 남자와 같은 공장, 단순 노동직으로 일하던 그의 어머니는 중증 정신지체를 앓고 있었다. 일을 그만둔 지는 꽤 오래되었으며, 그녀는 나라에서 나오는 수급비를 받아 생계를 유지하고 있었다. 어머니를 대신해서라도 아버지라고 불리는 작자에게 양육비를 받아내야겠다는 생각이 들었을 테다. 나는 안타까운 목소리로 미성년 자녀는 부모를 대신해 직접 양육비 청구 소송을 제기할 수 없음을 전했다. 다만 성인이 되면 부모를 대신해 과거에 받지 못했던 양육비 청구 소송까지 모두 가능함을 이야기해주었다. 내 말을 들은 영찬의 얼굴은 급격히 어두워졌다. 입을 꾹 닫고 있다 영찬은 깊은 한숨을 크게 내쉬었다. 이내 개미가 기어가듯 작은 목소리로 입을 열었다.

"변호사님, 아무래도 전 대학 포기할까 봐요."

익숙한 모습이 겹쳐 보였다. 대학이 모든 고민의 답이 될 수는 없지만, 적어도 저 아이에게 더 나은 미래를 만들 기회를 줄 수는 있을 터였다. 영찬이가 무책임한 아버지 때문에 꿈을 포기하는 일은 없도록 해야 했다. 나는 입학금을 포함해 첫 학기 등록금이 얼마인지 물었고, 자취방 월세 보증금을 포함한 사백만 원을 송금했다. 영찬은 한동안 고개를 들지 못했다. 떨리는 영찬의 어깨를 토닥이며 말했다.

"이 돈, 그냥 주는 거 아니야. 너 대학 다니면서 과외든 아르바이트든 해서 매달 조금씩 갚아. 그리고 성인 되면, 네 아버지 상대로 양육비 청구 소송 같이 진행하자."

대학생이 된 영찬은 매달 이자를 포함한 돈을 보내왔고, 성인이 되자마자 우리는 함께 자료를 모아 양육비 청구 소송을 준비했다. 그날, 변호사 사무실에서 영찬과 그의 어머니를 마주했다. 어머니는 두리번거리며 낯선 얼굴로 사무실을 훑었다. 영찬에게 들은 대로 간단한 의사소통은 가능했지만, 깊고 복잡한 대화는 어려운 듯 보였다.

"어머님, 여기에 사인해주셔야 해요."

내가 내민 동의서를 그녀는 세차게 내리쳤다. 순간 당황스러웠다. 영찬 역시 놀란 기색이 역력했다. 그녀는 금방이라도 울음을 터뜨릴 듯 온몸을 사용해 거부 의사를 나타냈다. 어눌하지만 떨리는 목소리로, 천천히 입을 열었다.

"나는, 영찬이랑 같이 있을 거예요. 우리 아기…… 데려가지 말아요. 제발요."

그녀는 귀를 양손으로 감싸고 울부짖었다. 끔찍한 기억이 떠오른 듯 바닥을 뒹굴었다. 마치 동물처럼 포효하는 영찬의 어머니를 앞에 두고 나는 어찌할 바 몰랐다. 내내 괴로워하며 울부짖다 그녀는 탈진한 사람처럼 쓰러지듯 벽에 몸을 기대었다. 영찬은 그제야 어머니를 꼭 끌어안았다. 나는 잠시 그녀를 진정시키기 위해 사무실 뒤편 작은 방으로 안내했다. 보통 아이를 데리고 온 의뢰인들과 상담할 때 사용하던, 놀이방 형식으로 꾸며둔 공간이었다. 알록달록 꾸며진 색색의 놀이방을 보고 그녀는 조금 진정되는 듯했다. 장난감과 블록 등을 옆에 가져다 두었다. 둥글게 몸을 만 그녀는 작은 공 같았다. 어머니가 떠올라 마음이 울컥거렸다. 고개를 들어 놀이에 심취해 있는 그녀의 얼굴을 빤히 응시했다.

그때, 그녀의 고동색 동공에 익숙한 형상이 겹쳐 보였다. 눈부처였다. 순간, 눈앞이 흐려지고 공기가 달라지며 온몸이 얼어붙었다. 마치 시간이 일순간 멈춘 것처럼. 순간적으로 나를 둘러싼 공기의 밀도가 달라졌다. 그 순간, 내 몸과 내 정신이 그녀의 눈 속으로 빠져드는 것 같은 기시감을 느꼈다. 모든 것이 한순간에 응축되었고, 나는 그 진심을 온전히 받아들이게 되었다.

어딘가에 빨려 들어가듯 강력한 힘이 나를 이끌었다. 손끝에서 차가운 기운이 스며들더니, 눈을 뜨니, 오래된 공장 안이었다. 사무실 안은 퀴퀴한 기름 냄새와 희뿌연 담배 연기가 섞인 채였고, 찬 기운이 내 피부를 스쳤다. 내가 몸을 움직일 때마다 공기가 저항하는 듯했다. 오래된 책상 위에 계약서 한 장이 놓여 있었다. 영찬의 어머니는 긴장한 듯 손가락을 배배 꼬았다.

"사인해."

탁. 남자가 펜을 책상 위에 내려놓았다.

"돈 줄 테니까, 그냥 끝내. 애는 우리가 데려갈 거고, 넌 네 인생 살면 돼."

그녀는 불안한 듯 눈을 굴렸다. 빠르게 깜빡이는 눈꺼풀이 그녀의 혼란을 드러냈다.

"……나, 나…… 돈……."

그녀의 손이 허공을 더듬었다.

"그래. 돈 줄 거야."

남자가 단호하게 말했다. 그녀는 고개를 세차게 가로저었다.

"너도 알아야지. 넌 혼자 애 못 키워. 먹이고 입히고 학교도 보내야 하는데, 그거 할 수 있어?"

그녀는 잠시 멍하니 그를 바라보았다. 그리고 천천히 고개를 저었다.

"……내…… 애예요……."

그녀의 목소리는 작았지만, 또렷했다. 남자는 한숨을 쉬며 책상 위를 손가락으로 두드렸다. 그는 그녀를 시험하는 듯 서류를 그녀 앞으로 밀었다.

"여기 서명 안 하면, 넌 그 애랑 평생 길바닥에서 살 수도 있어."

그녀의 손이 파르르 떨렸다. 하지만 그 순간, 그녀는 갑자기 계약서를 움켜쥐었다. 그 바람에 책상 위에 놔두었던 물컵이 엎질러졌다. 잉크가 번졌고, 그녀는 재빠르게 손으로 글자를 문질러버렸다. 금세 종이가 축축하게 젖었다.

"야, 뭐 하는 거야!"

남자가 자리에서 벌떡 일어났다. 그러나 그녀는 대답하지 않았다. 그녀의 눈이 흔들리고 있었다. 두려움, 그리고 본능적인 결단. 순간, 그녀는 문 쪽으로 몸을 홱 돌려 뛰었다.

쾅!

"쟤, 빨리 잡아."

남자는 큰소리를 쳤고, 공장 직원들은 모두 그녀가 가는 쪽을 향해 시선을 고정했다. 문이 열리자, 기계들이 덜컹거리며 움직였다. 그녀가 지나가는 길목마다, 낡은 전구가 깜빡였고 벽에 걸린 시계들이 기이한 속도로 움직였다. 마치 비늘 같은 형상이 시야 곳곳에 떠다녔다. 그녀는 숨이 턱 끝에 달릴 때까지 뛰고 또 뛰었다. 나는 심장이 덜컥 내려앉았다. 이곳은 기억이지만, 기억을 따라갔더니 의뢰인의 현실에 다다랐다. 철문을 열고 바깥으로 뛰쳐나가는 그녀를 보며, 나는 크게 소리쳤다.

"도망쳐…… 어서……."

골목을 지나쳐, 어머니가 집 문을 열자마자 현재로 되돌아왔다.

"변호사님, 변호사님."

영찬의 목소리가 나를 깨웠다. 어느 순간 현실로 되돌아온 듯 정신이 번쩍 들었다. 마치 꿈을 꾼 것만 같았다. 그런데 그 꿈속에서 본 여자의 얼굴이, 지금 내 눈앞에 있는 영찬의 엄마라는 사실을 직감하는 순간, 등줄기를 타고 서늘한 전율이 흘렀다. 도무지 믿기지 않았다. 정말로, 내게 어떤 능력이 생긴 걸까.

영찬이 깊은 한숨을 쉬며 말을 이었다.

"많이 놀라셨죠. 어머니가 저를 가지셨을 때, 저쪽에서 돈을 줄 테니 아이를 넘기고 다시는 찾지 않겠다는 계약서에 사인하라고 강요했대요. 어머니는 그걸 받아들일 수 없어서 공장을 뛰쳐나왔고…… 그 후로 저희는 둘이서 지냈어요."

나는 천천히 숨을 들이쉬었다. 영찬의 말이 사실이라면, 나는 방금 누군가의 과거를 들여다보는 경험을 한 셈이었다. 내가 한 일이라곤 그녀의 눈을 가만히 바라본 것뿐인데. 정말 꿈이었을까? 하지만 꿈이라고 하기엔 그 감각이 너무도 생생했다.

정신을 가다듬었다. 내가 내민 몇 장의 서류가, 그녀에겐 아들을 빼앗으려는 위협처럼 느껴졌을지도 모른다. 그녀가 이해할 수 있도록, 차분하고 부드럽게 설명해야 했다. 다시 작은 방으로 들어가 조심스레 그녀 곁에 앉았다. 놀이 블록을 만지작거리던 그녀의 손 위에 내 손을 살며시 얹었다. 긴장된 얼굴을 한 그녀를 향해, 나는 최대한 부드러운 목소리로 말을 건넸다.

"어머님, 제가 영찬이를 빼앗아 가려는 게 아니에요. 오히려 영찬이를 더 잘 지킬 수 있도록 돕는 거예요. 영찬이가 앞으로도 대학을 계속 다니고 더 행복하게 살 수 있도록요."

그녀는 나를 경계하는 듯 바라보았다. 나는 천천히 동의서를 펼쳐 보이며 말을 이었다.

"이건 아버지가 져야 할 책임을 지게 만드는 거예요. 어머님이 그동안 혼자서 영찬이를 지켜왔잖아요? 이제는 그 사람이 책임을 질 차례예요."

그녀는 여전히 망설였다. 나는 서류를 조심스럽게 그녀 손에 쥐여 주었다. 그녀는 한참을 머뭇거리다 영찬을 바라보았다.

"영찬아…… 이거 하면, 영찬이 엄마랑 못 살아?"

영찬은 어머니의 손을 꼭 잡았다.

"아니야, 엄마. 나 공부 열심히 하고 싶어. 엄마가 도와주면 더 잘할 수 있어."

그녀는 떨리는 손으로 서류를 꼭 쥐었다.

"이거…… 정말 영찬이한테 좋은 거지?"

나는 부드럽게 고개를 끄덕이며 말했다.

"네, 어머님. 정말이에요. 영찬이를 지키는 방법이에요."

그녀는 뒤이어 계약서 위에 제 이름을 써놓고 작고 둥근 동그라미를 위에 얹었다. 이내 영찬을 꼭 끌어안았다. 비로소, 몇 장의 서류가 벽이 아닌 다리가 되어주었다. 우여곡절 끝에 부모의 동의를 얻어 소송을 진행했음에도, 남자는 차일피일 양육비 지급을 미루고 있었다. 그가 제출한 내용에는 '아픈 노모를 모시기 위해 번 돈을 모두 그곳에 쓴다'라는 구차한 사연이 적혀 있었다.

대규모 공장 중간 관리직인 남자가 돈이 없다고 주장하는 건 도무지 납득이 가지 않았다. 이런 경우 대부분, 재산을 미리 타인 명의로 돌려놓고 숨기기 마련이었고, 그가 내세운 사정도 결국은 그럴듯한 핑계일 가능성이 커 보였다. 더는 행정 절차에 기대어 시간을 흘려보낼 수 없었다. 영찬의 짐을 조금이라도 덜어주고 싶었다.

나는 금융실명제법에 따라, 타인의 금융거래 내역을 법원 영장을 통해 추적할 수 있다는 점을 떠올렸다. 다음 날 곧바로 금융정보조회 영장을 신청했고, 그의 은행 계좌와 카드 사용 내역, 증권 계좌까지 하나하나 들여다보았다. 이상한 점은 금방 드러났다. 국세청에 신고된 연 소득에 비해 거래 금액의 규모가 비정상적으로 컸고, 특히 단기간 내 수차례 이뤄진 가상화폐 거래 내역이 눈에 띄었다. 남자는 거래소를 옮겨가며 비트코인과 이더리움을 반복적으로 매도, 매수하고 있었고, 일부는 고위험 선물 옵션 거래로 이어졌다. 거액의 손실이 난 흔적도 발견되었다.

부동산 거래 내역을 훑어보니 수상한 점은 더 있었다. 매입한 지

몇 달 되지 않은 소형 건물을 지인 명의로 반복 양도하며 실소유를 감추려는 흔적이 보였다. 더 큰 부를 쫓겠다는 욕심으로는 막대한 손해도 감수하면서, 정작 제 핏줄에게는 눈길 한 번 주지 않는 사람이었다.

하, 참…… 서류를 넘기던 나는 기가 막혀 펜을 내려놓았다. 마치 도저히 풀리지 않을 것 같던 퍼즐의 한 조각을 찾아낸 듯, 형광펜으로 구멍 뚫린 부분을 동그라미 쳤다.

'사람의 얼굴로 인간이기를 포기한 인간이 이렇게나 많다니.'

어디서 비릿한 생선 냄새가 났다. 두통으로 구역질이 나올 것 같아 서랍에 있는 진통제를 한 알 꺼내 입에 물었다. 창문을 여니 시원한 바람이 들어왔고 지끈했던 머리가 식었다. 다시 자리로 돌아와 법원에 보낼 자료를 정리해 파일로 정리했다. 평생 고통받았던 영찬이 이젠 더 기다리지 않아도 될 것이었다. 친부라고 부르기도 아까운 이. 하지만 돈에는 죄가 없었다. 하루빨리 양육비를 받아야 그가 좀 더 수월하게 살아갈 수 있을 터였다. 밖을 보니 타오를 듯 붉은 해가 뜨고 있다. 조금이라도 눈을 붙이고 다시 와야겠다는 생각으로 짐을 챙겨 엘리베이터를 탔다.

주차장을 빠져나가는 나를 보며 꾸벅꾸벅 졸던 경비 아저씨가 갑자기 몸을 일으켜 구십 도로 인사했다. 나도 고개를 숙여 조용히 인사를 건넸다. 백미러에 비친 내 얼굴을 슬쩍 들여다보았다. 며칠 밤을 꼬박 새운 탓에 다크서클은 볼까지 내려와 있었고, 핼쑥한 얼굴은 말 그대로 초췌했다.

그제야 눈앞에서 달랑거리는 차량용 방향제가 눈에 들어왔다. 너무 바빠 까맣게 잊고 지냈던 명우의 선물이었다. 마음 한켠이 바늘로 콕콕 찔리는 듯 아려왔다. 그는 어쩌면, 상처 없이 남부럽지 않게 자라날 내 모습을 상상하고, 그 모습을 사랑했던 건 아닐까. 비슷한 환경의 사람끼리 만나야 마음이 덜 다친다는 말을, 이제는 알 것 같았다.

내가 영찬을, 그리고 수많은 의뢰인들을 진심으로 돕고 싶었던 이유는 어쩌면 그들과 내가 다르지 않다는 걸 느꼈기 때문일지도 모른다. 그 속에서 외면하고 싶었던 내 과거와 마주하게 되었고, 그래서 더 애써 무심한 척하다가도 결국은 손을 뻗고 있었다. 황량한 과거에서 벗어나기 위해 내내 양지바른 볕을 찾아 헤매왔으니까. 그런 내 모습이 스스로도 혼란스럽고 고단했다. 눈앞에서, 그가 준 방향제가 조용히 흔들리고 있었다.

"나 선배한테 관심 있어요."

당차게 고백하던 그는 이제 막 변호사 시험을 통과해 아버지가 운영하는 로펌에 들어온, 이른바 낙하산이었다. 살짝 웃을 때마다 패던 보조개와 늘 단정히 차려입는 슈트, 훤칠한 키까지 겉보기엔 꽤 괜찮아 보인다고만 생각했다. 같은 학교 로스쿨을 나왔다는 사실에 잠시 친밀한 마음이 들었을 뿐, 나를 좋아한다며 쫓아다니는 일이 신기하기도 했다. 늘 일에만 파묻혀 살던 내가 회사 대표 변호사로 승진

한 지 오 년 정도 지났을 시점이었다. 일이 우선이었던 내겐 사랑은 사치라는 생각만 하던 차, 귀여운 구석이 있는 그의 고백이 진심으로 다가왔다. 열렬한 연애를 거쳐, 결혼을 이야기하는 그에게 나는 내 내밀한 면모까지 내보여야 한다는 직감에 다다랐다.

서울 시내가 한눈에 내려다보이는 레스토랑에서, 우리는 살짝 익힌 1등급 한우를 썰고 있었다. 그는 가족 모임 때 자주 이곳을 찾는다더니, 모든 행동이 자연스럽고 익숙해 보였다. 레스토랑을 채우는 재즈 선율에 맞춰, 화목하고 따뜻한 가족 이야기를 건넸다. 아버지가 워낙 여행을 좋아하셔서, 이제 로펌을 물려준 뒤 어머니와 함께 세계 곳곳을 다니며 살고 싶어 하신다는 이야기였다. 명우는 고기를 먹기 좋게 썰어 천천히 오물거리며 말했다. 자신은 외동아들이라 부모님이 하루빨리 단란한 가정을 꾸리길 바란다며, 내 눈을 조용히 바라보았다. 격식을 갖춘 서버가 우리 자리로 오더니 먹음직스러운 레드 와인을 크리스털 잔에 따라주었다. 만일 함께 산다면 어디에 살고 싶냐는 그의 질문에 나는 대답 대신 이야기를 시작했다.

나의 아버지는 평생 두 개의 가면을 쓰고 살았다. 몇 평 남짓 초가집, 가난한 시골 소작농의 맏아들로 태어난 그는 공부가 자신의 유일한 탈출구라고만 생각했다. 고양이 손이라도 빌려야 할 수확철, 할머니는 늘 맏아들인 아버지에게 선비놀음 할 생각 말고, 퍼뜩 내려와 농사 일손이나 도우라는 불호령을 내렸다. 아버지는 헛간에서, 어귀 방둑에서 몰래 공부하다 들켜 매타작을 맞으면서도 손에서 연필을

놓지 않았다. 그 덕에 지방에 있는 사범대학교에 진학했고, 상경해 서울에서 국어 교사 생활을 시작했다.

어려운 역경을 이겨내고 교육자가 된 그는 학교에서나 교직 사회에서 두터운 신임을 받는 인물이었다. 학비가 없어 학교에 못 오는 학생들을 위해 사비를 털어 장학금을 내어주실 만큼 따뜻하고 인자한 분이셨지만, 집에서는 작은 실수 하나도 쉽게 넘어가지 못하는 완벽주의적 성향이었다. 개천에서 용이 났다는 이야기는, 애초에 그 용이 담긴 그릇이 종지만 했다는 것을 의미하기도 했다. 태생은 속일 수 없었다. 수많은 시간 동안 자신의 노력만으로 교사 그리고 서울 지역 교육감까지 바라보던 아버지는 더더욱 작은 실수 하나를 용납하지 않았다.

교육감 선거를 준비하며 아버지는 교육계에서 강력한 경쟁자로 평가받던 동료 교사를 견제했다. 어린 나는 아버지의 서재 문 앞에서 멈춰 섰다. 과일 접시를 들고 있던 손에 힘이 들어갔다. 문틈 사이로 낮고 단호한 목소리가 흘러나왔다. 후배 교사의 말소리가 들렸다.

"풍영고 김 선생님 말인데요. 선배님 자리를 노리는 것 같아서 참 좀 불쾌해요. 벌써 학부모들 평판 관리하고, 위쪽 사람들도 챙기고 있더군요."

"그런데 말이야, 듣자 하니 김 선생님이 운영하던 학교 문학 동아리 특기생이랑 좀 수상한 관계라는 얘기가 있더라고."

아버지 손가락이 탁자 위를 두드리는 소리가 들렸다. 거짓을 말할 때 짐짓 침착한 척을 하기 위해 하는 아버지의 버릇이었다.

"누가 봤답니까?"

"진 선생님이 지난주 요 앞 사거리에서 봤다던데. 김 선생님이랑 그 학생이 저녁 늦게까지 다니는 걸 봤다더군. 심지어 둘이 모텔에 들어가는 것까지 목격했다고 하던데."

"확실한 겁니까?"

잠깐의 침묵이 흘렀다. 나는 아버지가 어떤 표정을 짓고 있을지 상상할 수 없었다.

"확실해야 하나? 소문이란 게 원래 그런 거잖아. 한 번 퍼지기 시작하면 걷잡을 수 없지.

후배 교사는 뒤이어 교활한 웃음을 터뜨리더니, 들뜬 목소리로 이야기했다.

"스쿨미투, 요즘 워낙 민감하잖아요. 아는 기자가 있어요. 슬쩍 흘려주면 기사 하나쯤은 어렵지 않죠. 확실한 건, 김 선생은 더는 힘 못 쓸 겁니다. 선배님, 이번 제 재계약 건…… 잘 부탁드립니다."

"걱정은 붙들어 매라고."

나는 손에 든 과일 접시를 꼭 쥔 채, 조용히 뒤돌아설 수밖에 없었다. 문 뒤로 아버지가 짓고 있을 표정을 직접 마주하기 싫었다. 생각해보면 비겁한 마음이었다. 그해, 아버지는 서울 교육감 선거에 경쟁자를 제치고 당선되었고, 그 뒤로도 내내 부정한 방법으로 권력을 이어갔다. 어머니는 평생 그의 그늘 밑에서 기죽어 살아야만 했다. 자

손이 귀한 서울 종갓집 고명딸로 태어나 평생 외할아버지의 보호 아래 물 한 방울 안 묻힌 채 자라왔다고 했다. 외할아버지의 성화에 못 이겨 족집게 과외를 달고 살았고, 명문여대 가정교육과에 입학하자마자 아버지와 선을 봐 혼례를 올렸다. 젊은 시절, 사진을 통해 본 어머니의 얼굴은 너무나도 아름답고 온화했다.

하지만 평생 아버지는 어머니를 몹시 구박했다. 너희 엄마는 풍족하게 살아만 봐서 모른다. 세상살이가 얼마나 녹록하지 않은데 독한 마음이 한 구석도 없다. 여편네가 살림 돌아가는 꼴도 모르고 잘하는 짓이다. 나와 남동생은 어린 마음에 아버지가 어머니에게 내뱉는 말이 마치 어린아이들이 함께 부르는 돌림노래처럼 당연한 줄로만 알았다. 어머니는 그런 소리를 듣고도 아버지에게 큰소리 한 번 낸 적 없었으니 그래도 되는 줄로만 알았다. 외할아버지가 전답을 팔아 마련해준 돈으로 서울 도심, 번듯한 아파트에서 신혼살림을 시작할 수 있었으면서 말이다.

대학 졸업과 동시에 평생 가정주부로만 지내온 어머니는 아버지의 옷가지를 깨끗하게 빨았고, 돌아와 그가 편안한 숨을 취할 수 있도록 장롱이나 바닥, 소파까지 모두 얼굴이 붉어지도록 힘을 주어 반질반질 닦았다. 그런데도 뭐가 마음에 안 들었는지 약주를 한잔 기울인 날에는 어머니에 대한 폭언이나 손찌검을 일삼기 일쑤였다. 고래고래 소리를 지르는 아버지는 낮에 교육청에 출근하는 모습과는 완전 딴판이었다. 벌겋게 달아오른 얼굴을 부여잡으면서도 어머니는 아버지가 화를 식힐 때까지 참고 또 참았다. 혹여나 동네 사람들이 보면 아버지 명예에 누가 된다며 어린 내가 술 심부름을 도맡았다. 누구 술이니? 하고 물으면 나는 응당 집에서 교육받은 대로 어머니라고 이야기했다. 덕분에 우리 아버지는 완벽한 평판을 유지할 수 있었고, 어머니는 집에서 살림만 하며 정신 못 차리고 술만 퍼마시는 여편네로 소문이 자자했다.

중학교에 들어가면서, 나는 그가 나와 남동생에게 폭력을 행사하는 게 너무나 상식적이지 않다는 것을 깨달았다. 술 심부름, 간식 심부름을 하기 위해 서재에 다녀올 때면 늘 그의 얼굴을 마주해야 했고 기분이 더러웠고, 구토가 나왔다. 아버지는 늘 엄격한 본인의 잣대를 들이밀었다. 매 학기 성적표를 일일이 점검하며, 기준에 못 미칠 때마다 폭력을 일삼았다. 파리채, 등긁개, 골프채 등 모든 기다랗고 억센 것들은 날카로운 흉기가 되었다.

보이는 곳에 생채기가 나면 서울시 교육감이었던 아버지의 평판도 동시에 떨어지니 허리, 어깨, 엉덩이 등 안 보이는 곳을 잘도 찾아 매질했다. 집은 지옥과도 같았다. 교육감 정년 퇴임식 때 어머니는 붉은 꽃다발을 품에 안고, 손이 떨어져 나갈 듯 손뼉을 쳤다. 아버지의 제자들과 동료 교사들, 교육청 동료들이 써준 롤링 페이퍼에는 아버지의 인성과 성품에 대한 칭찬이 가득했다. 아버지의 서재에서 그들이 써준 편지를 하나씩 읽어가며 왠지 모를 분노와 울분이 치밀어 올랐다. 집에서는 그런 완벽한 사람을 본 적이 없었기 때문이다. 아버지가 그토록 바랐던 법학대학에 수석으로 입학하자마자 나는 독립을 선언했다. 어머니를 무지막지한 폭력과 욕설이 난무하는 그 지독한 곳에 홀로 버려두고, 나만 살겠다고 비겁하게 떠난 것이다. 하지만 내 마음과는 달리 집을 떠난 뒤로도 완전히 자유로울 수 없었다.

그러다 막내 삼촌이 진 빚으로 가세가 기울며, 외할아버지의 기와집과 함께 집터가 모두 경매로 넘어갈 상황에 처했다. 아버지의 수십 년의 교직 생활 퇴직금을 모두 쏟아 그 일만은 간신히 막을 수 있었다. 동네에서는 더욱 아버지에 대한 칭찬이 자자했다. 교육감 사위 덕에 큰일 넘길 수 있었다고 집안 웃어른들이 한마디씩 얹었다. 어머니는 창백해진 얼굴로 네네. 고개를 끄덕일 뿐이었다.

그 이후로 아버지는 어머니를 더욱 함부로 대했다. 집에서 네가 하는 일이 대체 뭐냐고. 그동안 열심히 일궈 내 몫으로 받은 돈이 왜 잘난 너희 집안 때문에 수포가 되어야 하냐며 고래고래 소리를 질렀다. 교육감을 퇴임한 뒤 아버지의 주량은 더욱 늘어났다. 집에만 틀어박혀 온종일 어머니에게 잔소리해댔다. 밝은 해와 가족을 등진 채, 집 방 안에 숨어 밖으로 나오지 않았다. 난 어머니가 왜 그렇게 아버지의 폭언과 폭력을 참고 사는지 이해할 수 없었다. 물으면 어머니는 그렇게 대답했다.

너희 아버지가 어렸을 때부터 많이 참고 살아서 그렇노라고. 어려운 환경 속 저렇게 성공하기까지 남모를 스트레스가 많았을 거라며 말이다. 그럼 나는 그런 스트레스를 겪어 성공한 사람들이 모두 가족에게 화풀이했더라면, 이 세상에 제대로 된 가정은 하나도 없었을 것이라고. 제발 정신 좀 차리라 어머니의 어깨를 흔들었다. 그 당시 어머니의 표정은 마치 다른 세상에 향해 있는 듯 멍하고 헛헛했다. 자신을 함부로 대하는 상황에 익숙해진 사람 특유의 무기력함이 묻어 나왔다.

결국 어머니는 나와 남동생이 각각 변호사, 경찰로 번듯한 직업을 갖고 난 뒤에야 졸혼을 선언했다. 도희(道熙). 어머니가 이름을 지어준 것처럼 나는 법과 정의의 길을 밝혀 사람들에게 희망을 주는 변호사를 꿈꿨고, 남동생인 도영(道榮)은 질서를 통해 사회에 평화를 가져다주는 경찰을 꿈꾸며 자라났다. 아버지가 집에서 탈출하기 위한 독기를 끊임없이 심어줬기 때문일까. 우리 둘은 꿈을 이루기 위한 발판을 마련하자마자 그 지옥 같던 집에서 나왔다. 나는 그녀가 지옥으로부터 빠져나오는 시점이 늦춰졌던 게, 그녀가 고통의 몫으로 마주했던 어두운 밤이 모두 나와 동생 때문인 것 같아 미안했다. 참고 또 참았을 그녀의 시간이 너무도 가혹하게만 느껴졌다. 이제 괜찮다고 말하는 그녀의 얼굴엔 여전히 오래된 조심성이 묻어 있었다. 슈퍼에서 장바구니를 들고 서 있을 때조차, 어머니는 여전히 말을 더듬고, 행동을 망설였다. 그녀의 영혼이 그간 얼마나 많은 모욕과 침묵을 견뎌냈는지를, 나는 말없이 느낄 수밖에 없었다.

"이제야 털어놓지만, 홀로 너희들을 키울 자신이 없었다. 가진 건 대학 졸업장 하나뿐이고, 도와줄 가족도 마땅치 않은데 너희 아버지와 헤어져 혼자 살아갈 자신이 없었어."

 일찌감치 어머니가 아버지를 떠났더라면, 그는 정말 우리를 위해 돈을 주지 않았을까. 엄마 혼자 책임지게 내버려두었을까. 아무리 그래도 제가 낳은 핏줄인데. 그의 이중적인 면모를 떠올리니 정말 그랬을 수도 있으리라 생각했다. 이렇게 생각하니 양육비는 단순한 돈의 문제가 아니었다. 아이가 세상과 연결될 수 있게 하는 장치, 사람답게 살 수 있도록 최소한의 존엄을 지키는 기본적인 조건임을 다시 깨달았다.

 오랜만에 들여다본 어머니의 얼굴은 이미 생기와 양분이 다 빠져 있었고, 피부는 비늘처럼 얇아진 상태였다. 오랜 폭력으로 인해 상처받은 마음이 겉으로 드러난 듯 피폐해 보였다. 쉽게 벗겨낼 수 없는 생명체의 비늘처럼, 그녀의 얼굴에 알알이 새겨진 주름은 그녀가 감내해온 삶의 무게를 상징하듯 굵고 진했다. 언젠가부터 어머니의 웃는 얼굴을 본 적이 없었던 것 같다. 새집을 얻어 나와 잘 때도 어머니는 작은 몸을 늘 공처럼 둥글게 만 채 이불을 얼굴까지 뒤집어썼다. 마치 비늘로 제 몸을 방어하려는 듯, 동시에 모든 감각을 차단하려는 듯 말이다. 가끔 어머니는 잠결에 소리를 질렀다.

 "억…… 꺽……."

 짧고 날카로운 외마디 비명. 그 소리에 나는 잠에서 깨 오소소 소름이 돋곤 했다. 마치 짐승이 울부짖듯, 제 안에 오랫동안 눌러 담아두었던 분노를 터뜨리듯, 곪고 곪아 내장 깊숙이 파고든 상처가 바늘 끝에 찔려 터져 나오는 것만 같았다. 병원에서 의사는 '렘수면행동장애'라는 병명을 내렸다. 약을 처방받았지만, 어머니는 여전히 몸이 힘든 날이면 어김없이 잠 속에서 소리를 냈다.

밤바다 언제 날아올지 모르는 폭력에 조금이라도 제 몸을 방어하기 위해, 늘 저렇게 자는 버릇이 들어서일까. 나는 드넓은 거실에 어머니가 작게 웅크려 자는 모습을 보고 한참을 목놓아 울었다. 그 이후 아버지를 찾은 기억이 없다. 그 덕에 내가 대학교에 가고 변호사가 되었지만, 어릴 적 새겨진 끔찍했던 기억으로 도저히 그를 용서할 수 없으리라 생각했기 때문이다. 그래서 나는 아버지가 지금 어디서 살았는지 죽었는지도 모른다고, 홀아비가 된 이후 내게 따로 도와달라 전화를 안 하는 것만으로도 다행으로 생각한다는 말을 얹었다.

나이프와 포크를 내려놓은 채, 타들어 가는 목을 와인으로 계속 축였다. 나는 그 여유롭고 편안한 분위기와 전혀 어울리지 않는 끔찍한 이야기를 담담히 이어갔다. 내 어린 시절은 이랬노라고, 나를 감싸고 있던 직함을 다 내려놓은 채 앞에 있는 이 순진무구한 사람에게 상처 입은 맨살을 다 까 보이는 느낌이었다. 이야기가 길어지자 심각함을 눈치챈 서버들도 더는 우리 테이블에 오지 않았다.

명우에게 말을 하지 않은 부분이 있었다. 바로 내가 매일 악몽을 꾼다는 것. 나는 집을 떠난 뒤 자주 깊은 잠을 이루지 못했다. 나를 찾아오는 악몽은 매일 같았다. 끝없이 이어진 어두운 복도를 달렸지만, 목적지와의 거리는 좀처럼 줄지 않았다. 뒤에서 아버지의 저벅거리는 발소리가 들려왔다. 아버지는 우리 앞에서 일평생 뛴 적이 없었다. 늘 점잖은 사람인 척, 세상 좋은 사람인 척 여유 있는 모습을 보여야 했으니까. 아버지의 구두는 늘 깔끔하고 반들반들하게 빛났다. 검은색 가죽으로, 가벼운 광택이 돌던 그 구두. 뾰족 나온 구두코를 어머니는 새벽녘부터 윤이 나게 닦았고, 매일 아침 아버지는 거만한 표정으로 그 구두를 신고 기사가 딸린 차에 발을 얹었다. 집을 나서는 아버지의 발걸음은 편안하고 가벼워 보였다.

꿈에서 발걸음이 점점 더 가까워지고, 그 발소리가 점점 더 무겁게 느껴질 때마다 내 심장은 빠르게 뛰기 시작했다. 금방이라도 터질 것 같은 폭탄처럼 쿵쾅거렸다. 나는 그 복도 끝에 있는 문을 향해 달려갔지만, 문고리는 항상 손에 잡히지 않았다. 아무리 걸어도, 아무리 가까워지려 노력해도 여전히 한 걸음이 더 필요한 그 문 앞에서 나는 멈춰 섰고, 뒤에서 아버지가 다가오는 소리는 멈추지 않았다.

아버지의 그림자가 내 시야를 가득 채우기 시작하면, 나는 가슴에 돌덩이를 얹은 듯 숨쉬기가 어려워졌다. 아버지의 손이 내 등을 스칠 것 같을 때마다, 머리칼을 스칠 때마다 가슴이 답답해지고, 내 몸은 그가 손끝을 댄 곳에서 통증을 느꼈다. 그때마다 고개를 돌리면, 어머니의 얼굴이 창백하게 떠올랐다. 나를 구원해주기보다 그녀는 언제나 무기력하게 나를 바라보고 있을 뿐이었다.

하아. 하아.

나는 가쁜 숨을 토해내며 늘 꿈에서 도망쳤다. 암울했던 날의 기억을 다시 떠올릴 때마다 나는 복도 끝에서 아버지에게 도망칠 수 없는 현실을 맞닥뜨렸다. 꿈속에서조차 그 복도를 벗어날 수 없었고, 계속해서 반복되는 고통과 압박 속에서 나는 끝없이 달리고 있었다. 그 생각을 떠올리자 자연스레 눈이 질끈 감겼다.

짐짓 괜찮은 척을 해 보이려 해도 그는 적잖이 당황한 듯했다. 값비싼 레드 와인을 너무 많이 마셔서였을까. 그날의 분위기가 어떻게 마무리되었는지 잘 기억이 나지 않는다. 나의 비릿하고 깊숙한 면모를 확인한 그는 하려던 이벤트를 모두 멈춘 채, 말없이 나를 오피스텔 앞으로 바래다주었다. 바람이 차다며 그는 내 코트 앞섶을 다시 한번 여며준 것이 다였다.

여느 때처럼 우리 집에 들어와 추위를 녹이는 일도, 차 한잔 내어달라는 말 한마디도 없었다. 나는 휘청거리는 몸을 홀로 지탱하며 십육 층을 누르고 비밀번호를 누른 채 방 안으로 들어갔다. 침대에 누워 숨을 푸 하고 내쉬었다. 알코올 향이 훅 들어옴과 동시에 이런저런 생각에 생각이 꼬리를 물었다. 아무리 일로써 존경하는 선배이자 사랑하는 연인이라고 해도, 어릴 적 가정 폭력과 함께 성적 피해를 본 여성을 반려자로 맞이하는 건 또 다른 문제이니까. 하지만 숨길 수 없는 일이라 생각했다. 영혼이 부서진 경험이 있다는 걸 말하지 않는다면, 평생을 함께 그릴 반려자에겐 직무 유기가 아닐까 늘 생각해왔다. 나는 담담히 고개를 끄덕였다.

다음 날, 깨질 듯한 숙취 속에서 머리를 부여잡고 겨우 로펌에 출근했다. 바쁜 일정 속에서도 내 시선은 자꾸만 그를 찾고 있었다. 고백 이후 몇 달째, 그는 출근하지 않았다. 피하고 있다는 걸 직감할 수 있었다. 이제 결정을 내려야 했다. 앞날이 창창한 젊은 변호사의 삶에 내가 짐처럼 얹힐 수는 없었다. 더욱이 이곳은 그의 아버지가 운영하는 로펌, 나는 명함 하나쯤 대체 가능한 고용인일 뿐이었다.

로맨스를 위해 집안의 반대를 무릅쓰는 남자 주인공, 가엾은 처지의 여자 주인공. 그런 진부한 이야기 속 인물이 될 생각은 없었다. 상자에 차곡차곡 짐을 얹으며 생각했다. 돈, 명예. 나는 뭘 위해 이토록 열심히 살았나. 가만히 거울을 들여다보니 나와 같은, 아니 어머니와 같은 사람을 구제하기 위해 열심히 살았던 것 같다.

자신보다 낮은 위치의 사람들에게 군림하는 아버지 같은 사람을 공정한 법의 잣대로 처리하고 싶어서, 명명백백 옳고 그름을 밝혀 어머니처럼 억울하게 세월을 낭비하지 않도록 도와주고 싶어서 숱한 밤을 새웠다. 성인이 되고 나서 처음으로 가정사를 털어놓은 대상이 명우였다. 그 고백 이후 내가 하는 일의 의미를 다시 생각했고 대형 로펌 퇴사 후, 이혼 전문 변호사 개인 사무소를 차려 지금 이 순간까지 이어오고 있다. 물론 수입은 그때에 비해 반의 반 토막이 났지만, 매달 나가는 월세에 허덕이고만 있지만 그래도 마음은 편했다. 이별했지만 새삼 그에게 고맙다는 생각이 들었다.

매일 난 유정과 보영, 영찬을 포함한 수많은 의뢰인의 사례를 다루며 혈육으로서 지켜야 할 최소한의 도리를 법적으로 처리하고 있다.

의뢰인 중에는 제때 수임료를 내지 못하는 이들도 있고, 양육비 소송을 진행하다 보면 역으로 소송을 당하는 경우가 있어 정신적인 스트레스를 받는 일도 부지기수다. 형사 사건이나 기업 상속과 같이 큰돈이 되는 일도 아니다. 비혼 부모의 경우 친자 관계를 입증하는 과정에서 여러 절차와 시간이 소요되는 경우도 허다하다. 얽히고설킨 사람 간의 관계를 밝혀내는 일은 그다지 쉬운 일만은 아니다. 그럼에도 나와 비슷한 처지에 있을 아이들이 나와 같은 상처를 겪지 않도록 막고, 홀로 아이를 키우는 부모가 떳떳하게 제 삶을 살아갈 수 있도록 만드는 데서 큰 보람을 느낀다. 양육비는 곧 그 아이의 안전한 삶의 터전이자 교육을 보장받을 권리, 창창한 미래를 그려 나갈 보호막이 되어주니까.

산처럼 쌓인 서류를 정신없이 처리하니 어느덧 시간이 어둑해졌다. 휴대폰을 확인하니 부재중 전화가 두 통 와 있다. 분명 어머니일 테다. 어머니는 아직도 내게 전화하실 때면 미안하다는 말을 달고 사신다. 나이 마흔이 가깝도록 시집을 못 간 게, 못난 어미 때문이 아닌가 싶다고. 변호사라는 좋은 직함에도 부모 자리가 온전치 못해서 그런 게 아니냐며 속앓이하신다.

"도희야, 이젠 좀 편히 살아. 마음 졸이지 말고."

전화선을 타고 흐르는 어머니의 목소리를 들으면 보지 않아도 그녀의 모습이 그려졌다. 어머니의 마음을 감히 짐작건대 그녀의 마음속 비늘은 지난한 가정 폭력으로 두꺼워지고 무뎌졌을 테다. 그 비늘을 뜯어내기까지 생살이 상하는 아픔을 무릅쓰고, 결정을 감내해야 했을 것이다. 일평생 무구한 자식들을 보호하려 애를 썼던 나의 아픈 비늘, 어머니. 오늘은 어머니를 보러 가야겠다. 옷깃을 여미며 사무실 밖으로 나가려는 순간, 익숙한 얼굴이 창밖에 보인다. 나의 이, 투박하고 거친 비늘까지 다 감싸 안겠다고 온 겁 없는 청년 한 명이 그렇게 서 있다. 파도처럼 밀려오는 반가움과 애달픔, 무어라 형용할 수 없는 복잡한 감정이 내 안을 휩싸고 돈다. 코트 주머니에 넣은 손을 다시 한번 꾹 쥐었다. 물속의 세균이 침투하지 못하게 막아주는 비늘, 상어의 비늘처럼 작지만 강력하게 세상의 불의한 것과 맞서는 비늘, 어쩌면 이제 한겹 한겹 벗겨져도 괜찮겠다. 앞으로 펼쳐질 무탈한 날들이다.

3
겨울의 끝자락

겨울의 끝자락

명우가 창밖에 서 있었다. 차가운 겨울바람도 아랑곳하지 않은 채, 그가 나를 바라보는 눈빛은 따뜻했다. 마치 겨울의 끝자락에서 처음 맞이한 봄기운처럼, 그 시선은 말없이 다가와 차갑게 굳어 있던 내 마음을 서서히 녹였다. 깊고 맑은 눈동자엔 바람 한 점 없는 호수처럼 고요한 기운이 머물러 있었다.

인정하고 싶진 않았지만, 나는 그를 그리워하고 있었던 것 같다. 짙은 머리칼은 햇빛을 받아 부드럽게 빛났고, 오랜만에 마주한 그의 얼굴은 살이 빠졌는지 한층 야위어 보였다. 나는 그 자리에 잠시 멈춰 설 수밖에 없었다. 다시 내 앞에 나타난 그가 반가우면서도, 어딘지 모르게 두려웠다.

사실 일하면서도 자주 그가 떠올랐다. 중요한 소지품을 어딘가에 두고 온 듯한 허전함, 목 깊숙이 작은 이물질이 걸린 듯한 불편함. 그런 감각들이 자꾸만 그를 떠오르게 했다. 하지만 그 생각이 마음 깊은 곳의 상처를 건드릴까 두려워, 스스로에게 계속 잊으라고 되뇌곤

했다. 그래서일까. 그가 다시 내 앞에 선 이 순간, 기쁨과 두려움이 뒤섞이며 나를 혼란스럽게 만든다.

나는 천천히 사무실 문을 열고 밖으로 나갔다. 일 층에서 기다리던 명우가 나를 향해 걸어왔다. 코트 주머니 속에 넣은 그의 손은 보이지 않았지만, 얼굴엔 단단한 결심이 서려 있었다.

"오랜만이에요, 선배"

그의 목소리는 여전히 부드럽고 낮았다.

"오랜만이야."

나는 그를 보며 반가움을 숨기려 짐짓 차분하게 말했다.

"어쩐 일이야?"

그는 잠시 나를 바라보더니, 어물어물 입을 열었다. 미동도 없는 내 표정을 마주했음에도 명우는 따스한 미소를 지어 보였다.

"새로 사무실을 차렸다는 소식은 들었어요. 직접 만나서 이야기하고 싶었어요. 예전처럼 도망치지 않고."

그의 말에 나는 순간 심장이 내려앉는 듯했다. 맞다. 그는 그렇게 떠났었다. 이유도 모른 채 남겨졌던 나는 그저 그를 이해하려 했고, 조금은 원망하고, 그리워하며 지냈다. 함께 그려보려 애썼던 도화지 위에 내가 물감을 끼얹은 것 같아 미안했지만, 그래도 그 위에서 새로운 시작을 해야만 했다. 나를 잠시 떠났던 그 역시 나름의 이유가 있었을 것이다. 그를 탓하기 전에, 나는 내 안의 상처를 먼저 들여다보아야 했다.

"추운데 어디 안으로 들어가자."

아무렇지 않은 척, 나는 그를 사무실 근처의 작은 카페로 데려갔다. 따뜻한 커피 한 잔을 앞에 두고, 우리는 오래 침묵했다. 명우가 먼저 입을 열었다.

"나를 이해해줄지 모르겠지만, 그때 나는 정말로 선배 곁에 있을 자신이 없었어요. 선배가 겪은 아픔을 알면서도 내가 해줄 수 있는 게 없다고 느꼈거든요. 오히려 내가 선배를 더 아프게 할까 봐 두려웠어요. 내 마음이 그랬어요."

그의 고백은 내 안의 오래된 비늘을 건드렸지만 나는 아무렇지 않은 듯 내색하지 않았다. 잠자코 차만 마시고 있었다. 내 주변을 둘러싼 모든 것이 고요했고, 오직 그와 나의 숨결만이 침묵을 메울 뿐이었다.

"이해할 수 있어. 너도 그때 많이 힘들었겠지."

그는 고개를 끄덕였다.

"그동안 선배와 나 사이에 무언가 보이지 않는 벽이 있다고만 생각했어요. 왜 우리는 끝내 완전히 가까워질 수 없는 걸까, 선배가 나를 받아주지 않는다고만 여겼는데, 그런 과거가 있었을 즐 몰랐어요. 동시에, 내가 그걸 받아들일 준비가 되어 있지 않았던 것도 사실인 것 같아요. 미안해요."

그의 사과는 진심이었다. 나는 그를 바라보며 고개를 끄덕였다. 명우는 깊은숨을 내쉬었다. 그의 얼굴에 드리워진 그림자가 그가 하려는 이야기가 쉽지 않음을 말해주고 있었다. 나는 그의 입에서 나오는 한마디 한마디를 놓치지 않으려 귀를 기울였다. 명우의 눈은 진심을 말하고 있었다. 마음이 울렁거리는 것을 참으며 나는 가만히 그의 눈을 응시했다. 그의 몸이 아주 미세하게 떨렸다. 명우의 검은 동공에 눈부처가 나타났다. 순간 손끝에 아주 강렬하고 차가운 감각이 퍼지더니, 마치 물속으로 빨려 들어가듯 또 익숙한 감각이 느껴져 왔다. 모든 것이 흐려지며, 차가운 공기가 물보라처럼 몸을 감싸 안았다.

나는 낡은 원룸 복도에 서 있었다. 그곳은 내가 전혀 알지 못하는 장소였다. 누군가 빠르게 뛰어가자 찬 바람이 복도를 가로질렀고, 곳곳에 있는 오래된 외벽과 바랜 자국이 내 시선을 끌었다. 탁탁탁탁. 나는 그에게 시선을 집중했다. 짧게 자른 머리에 앳된 얼굴, 명우였다. 명우는 문고리를 필사적으로 돌려보지만, 안에서 잠겨 있다. 그는 긴박한 표정으로 다시 휴대폰을 확인했다. 나는 서둘러 그의 옆에 다가가 섰다. 마지막으로 도착한 단 한 줄의 문자가 눈에 들어왔다.

'미안해.'

명우의 손끝이 떨리고 있다. 숨이 가빠졌다. 불길한 예감이 온몸을 휘감았다.

"수진아!"

그는 문을 세차게 두드렸다. 다시, 그리고 다시.

"수진아. 문 열어! 나야."

대답은 없었다. 안에서는 어떠한 기척도 들리지 않았다. 복도 끝에서 오래된 형광등이 깜빡이며 윙윙거렸다. 이대로 시간이 멈춰버릴 것만 같았다. 명우는 망설임 없이 온 힘을 실어 문을 밀었다.

우지끈!

나무가 부서지는 둔탁한 소리와 함께, 문이 열렸다. 그리고…… 거실 한가운데, 차가운 공기 속에서 수진이 누워 있었다. 그녀의 주위에는 깨진 약병과 흩어진 알약들이 널려 있었다. 마치 눈보라처럼. 창백한 얼굴 위로 흐트러진 머리카락, 그리고 손목에 남은 붉은 자국이 눈에 들어왔다. 모든 것이 조용했다. 명우는 한 걸음, 또 한 걸음 앞으로 나아갔다. 숨을 삼키며 그녀의 이름을 불러 보았다.

"…… 수진아?"

그는 그녀의 손을 잡았다. 너무 차가웠다. 명우가 그녀를 안고 울부짖고 있다. 지금보다 더 앳된 시절, 명우의 모습이 꽤 낯설게만 느껴졌다. 그리고 내가 아닌 누군가를 저토록 간절히 바라고 사랑하고 있는 그의 모습 역시 낯설고 이상했다. 나는 강렬하게 꿈에서 빠져나오고 싶었다. 눈을 질끈 감았다 떴다. 명우가 눈을 바닥에 내리깐 뒤, 찬찬히 입을 열었다. 이상한 낌새를 눈치채지 못한 듯했다. 나. 뭐 빙의라도 된 게 아닐까. 머리를 감싸 쥐었다. 명우는 여전히 등을 숙인 채, 깊은숨을 마시고 있었다.

"함께 고시 공부를 했던 친구가 있었어요. 선배에게는 후배이자, 내게는 법대 동기였어요. 나보다 훨씬 똑똑했고, 열정적이었어요. 법조인이 되고 싶다는 꿈이 누구보다도 강한 사람이었죠. 내겐 마음을

겨울의 끝자락 67

많이 나눈 소중한 사람이었어요."

명우의 목소리는 잠시 멈췄다. 그는 천천히 커피잔을 들어 한 모금을 마셨다.

"우린 서로 많이 의지했어요. 밤새 도서관에서 같이 공부하고, 시험을 준비하고 또 마음을 털어놓았거든요. 전 그 애가 틀림없이 성공할 거라 믿었어요. 그만큼 열심히 했던 친구였거든요."

"그런데?"

나는 과거의 환영을 애써 모르는 척하고 물었다.

"첫 번째 시험에서 떨어졌을 때도, 두 번째, 세 번째 시험에서도 괜찮았는데, 시간이 지날수록 그 아이의 눈빛이 변해갔어요. 예전의 그 자신감 넘치던 모습은 사라지고, 자신을 갉아먹는 듯한 불안과 자책만 얼굴에 드리워졌어요. 날마다 볼이 푹 패어 앙상해지고, 자책하는 그 아이를 보는 게 괴로웠어요."

명우는 고개를 떨궜다.

"그 애를 도우려고, 무너질 때마다 옆에서 지탱하려 애썼어요. 수면제로 잠 못 이루는 나날이 많아질 때마다 멍한 표정으로 저를 바라보기만 했죠. 제가 두 번 만에 변호사 시험에 합격했다는 소식도 함께 나누지 못했어요. 제 기쁨이 그 애에게는 상처가 될 것만 같아서. 후. 모든 게 부족했나 봐요. 늘 1등만 하던 자신이 불완전하다는 사실을 인정하지 못했죠. 그리고 그 불완전함을 감당하지 못한 채, 어느 날 멀리 떠나버리고 말았어요."

생존의 가능성을 모두 제거하기 위해 여러 방법으로 스스로 해했던 그녀의 마지막은 놀랍도록 고요하고 평온했다. 함께 과거를 엿보리라 생각하지는 않았지만, 내가 마주한 그녀의 마지막은 처참했다. 손목에는 붉은 자국이 선명하게 남아 있었고, 명우의 애탄 부름에도 미동이 없었다. 이내 구급차가 도착했지만, 구급 요원은 조용히 이미 늦었다는 말을 전했다. 단 한 장의 유서조차 없었다.

돌아보면, 놀랄 일도 아니었다. 매해 그런 친구들이 꼭 한두 명씩 있었다. 얼어붙은 경기와 줄어든 채용 탓에, 공무원이나 전문직 시험에 매달려 몇 해를 묵묵히 견디는 이들. 단순하고 확실한 길이라 믿고 들어섰지만, 일단 그 길에 발을 들이면 실패를 거듭하더라도 좀처럼 빠져나오지 못했다.

흔히 '고시 낭인'이라 불리는 그들은, 몸도 마음도 조금씩 병들어 가고 있다는 사실조차 모른 채 n번째 도전을 이어갔을 것이다. 아까 그 눈빛, 무너져 있던 풍경이 그제야 선명하게 다가왔다.

명우의 눈앞은 새하얗게 흐려졌다. 그는 수진의 마지막 모습을 마음속에 새기며 끝없이 무너져 내렸다. 텅 빈 고원의 설경처럼, 그가 서 있는 눈 위에는 아무도 남아 있지 않았다. 하얀 세상은 끝없이 펼쳐져 있었고, 그녀는 마지막 심경을 헤아릴 수 있는, 쫓아갈 수 있는 마지막 발자국 하나도 남기지 않은 채 세상을 등져버렸다.

그 후로도 오랫동안, 그날의 악몽은 명우를 놓아주지 않았다. 그녀의 마지막 문자를 읽던 순간의 떨림, 희미하게 새어오던 불빛, 그리고 차가운 손끝. 그녀의 얼굴은 꿈에서도 떠올랐고, 그녀를 지켜주지 못했다는 자책감이 명우를 밤마다 괴롭혔다. 수진의 부재는 단순한 상실이 아니었다. 사랑으로도 채울 수 없는 깊은 상처와 누군가의 고통을 온전히 이해할 수 없다는 무력감이 그의 마음을 갉아먹었다. 명우는 스스로 다그쳤다. 자신이 더 잘했더라면, 수진이 시험을 그만두게 하고 다른 일을 하도록 도와주었더라면, 그녀의 고통을 더 일찍 알아차렸더라면, 결과는 달라지지 않았을까? 세상엔 단 한 가지 답만이 존재하는 게 아닌데 끝없는 채찍과 자책 속, 자신을 벗어날 수 없는 굴레에 가둔 그녀가 죽도록 미웠을 테다.

명우는 계속 그날을 복기했다. 그녀가 자신을 향해 지어주던 마지막 미소를 계속 되뇌고, 출근하던 그에게 잘 다녀오라 말했던 마지막 말이 영원히 풀리지 않을 질문으로 남아 있었다. 명우가 그날의 힘들었던 사건을 털어놓자 무거운 침묵이 우리 사이를 채웠다. 직접 그 상처를 마주하니 더욱 이해할 수 있었다. 나는 그의 아픔이 얼마나 깊을지 상상조차 할 수 없었다.

"명우야."

나는 그의 손을 조심스럽게 잡았다.

"그건 네 잘못이 아니야."

그는 동의할 수 없다는 듯 세차게 고개를 저었다.

"그때 느꼈어요. 내가 아무리 사랑하고, 아무리 노력해도 개인이 가진 어떤 상처는 내가 치유할 수 없다는 걸요. 나와 비슷한 상대를 만나면 좀 나아질까 생각했던 것 같아요. 더 이상 그런 일을 겪고 싶지 않았거든요. 내가 또다시 누군가를 지탱하려다 무너지는 게 두려웠어요."

나는 그의 눈을 바라보았다. 완전하다고 믿었던 사랑도, 결국은 형체 없는 연약한 개념일 뿐이었다. 인간은 누구나 불완전했고, 그 사실을 받아들일 수밖에 없었던 명우의 눈동자엔 여전히 그 시절의 아픔이 고여 있었다.

"서로의 과거를 완벽히 치유할 순 없겠지만, 함께 그 상처를 마주한다면…… 조금씩 나아갈 수 있지 않을까."

와인을 마시며 이야기하던 순간, 나는 취한 척했지만 사실 취하지 않았다. 분명 명우는 순간적으로 흔들렸다. 깊은 바다 속에서 밀려오는 거대한 파도를 마주한 듯. 그날 담담하게 내 밑바닥을 내보인 나는 애써 용감했지만, 동시에 두렵기도 했다. 우리 사이에 보이지 않는 벽이 생기면 어쩌지? 그의 달라진 눈길과 손길을 쫓으려 했다. 집까지 바래다주던 그의 손길은 여전히 따뜻했지만, 그 안에 담긴 온도는 미묘하게 달라져 있었다. 한참 연락이 닿지 않았을 때도 그러려니 하는 후련한 마음이었다. 하지만 따로 감정을 소화한 뒤, 이렇게 다시 마주하게 될 줄은 상상조차 하지 못했다. 새삼 힘겹게 제 상처를 털어놓는 명우가 고마웠다.

"선배가 그렇게 말해주니, 마음이 조금은 가벼워져요. 고마워요."

명우의 아픔도 어쩌면 나의 비늘과 닮았을까. 그의 마음을 겹겹이 감싸고 있는 날카로운 비늘이 있다면, 그리고 그 비늘을 조심스레 벗겨내는 데 내가 조금이라도 보탬이 될 수 있다면, 그것만으로도 충분한 의미가 될 것이다. 우리는 밤새 서로의 이야기를 꺼내며, 묵은 고요를 온기로 바꿔나갔다. 어둠 속에서 이어진 낯선 감촉, 나의 비늘과 그의 비늘이 맞닿는 순간, 우리는 말없이 알 수 있었다. 생각보다 우리가, 참 많이 닮아 있다는 것을.

"선배가 허락해준다면, 다시 곁에 있고 싶어요."

명우는 나를 바라보며, 단호하면서도 조심스러운 목소리로 말했다. 그의 손이 내 손을 감싸왔다. 뽀얗고 부드러운 손. 대학 시절 내내 아르바이트로 굳은살이 박였던 내 손과는 다르지만, 크기도, 온도도 어딘가 닮아 있었다. 삶의 결이 조금 다를 뿐, 결국 비슷한 길을 지나왔다는 걸 느낄 수 있었다.

"그런 말은 허락을 구하지 않아도 돼."

말을 내뱉는 순간, 내 안 어딘가에 단단히 돋아 있던 비늘이 조용히 벗겨지는 기분이었다. 상처를 막기 위해 스스로를 감싸고 있던 껍질. 분명 필요했던 무장이었지만, 이제는 그것을 내려놔도 될 것 같았다. 명우와 함께라면, 나는 더 이상 과거에 머물지 않고, 앞으로 나아갈 수 있을 것만 같았다.

가장 추운 계절, 우리는 그렇게 다시 만났다. 재회한 지 꽤 되었음에도 그는 여전히 내게 존댓말을 썼다. 선배는 대단한 사람이니까, 선배가 내 여자친구라 해도 나는 늘 존경심을 담아 말하고 싶다고.

사람에 따라선 그의 말투를 거리감이라 느낄 수도 있었겠지만, 나는 알았다. 그것이 그만의 방식이라는 것을. 그는 나를 단순한 연인이 아니라, 내가 걸어온 시간과 노력까지도 온전히 품고 있는 사람이었다. 그의 다정한 말투 속엔 늘 진심이 묻어 있었고, 나는 그 따뜻함이 싫지 않았다.

"그래도 가끔은 반말해도 돼. 우린 연인이잖아."

내가 장난스럽게 말하면 그는 살짝 웃으며 고개를 저었다.

"선배 저 처음 회사 들어왔을 때 기억해요?"

한창 대표 변호사로 일할 때, 나는 하루에도 몇 번씩 크고 작은 케이스를 처리하느라 정신이 없었다. 그 시기, 로펌에 막 들어온 신입 변호사가 바로 명우였다. 경험이 부족한 탓인지, 그의 서류 작업은 부족했고 법리 해석에서도 미흡한 부분이 눈에 띄었다.

"명우 씨, 이 부분은 다시 검토해야 할 것 같아요. 상대측 판례를 제대로 인용하지 않았어요."

회의 중 내가 그의 자료를 지적하면, 그는 얼굴을 붉히며 작은 목소리로 "죄송합니다. 바로 수정하겠습니다"라고 답했다. 나는 그의 그런 면이 사랑스러웠다. 가끔은 그의 존댓말이 나를 더 단단하게 만들어주는 것 같기도 했다. 나 자신을 돌아보게 하고, 내가 그에게 부끄럽지 않은 사람이 되고 싶다는 생각이 들었다. 그와 함께 있을 때면, 내가 더 나은 사람이 되고 싶다는 마음이 자꾸만 커졌다.

"너는 참 특별한 사람이야."

내가 문득 그렇게 말했을 때, 그는 잠시 놀란 듯한 표정을 짓더니 이내 잔잔히 웃어 보였다.

"선배, 요즘 선배 많이 달라진 거 알아요?"

그의 말에 나는 눈을 깜빡였다.

"예전엔 얼굴에 표정이 거의 없었거든요."

뜻밖의 말에 말문이 막혔다. 감추어두었던 무언가를 들킨 듯, 순간 몸이 조용히 굳었다.

"그래?"

멋쩍은 웃음으로 되묻자, 명우는 고개를 끄덕이며 말을 이었다.

"네. 웃을 때도, 화날 때도, 슬플 때도…… 얼굴이 늘 같았어요. 그래서 처음엔 좀 무서운 사람인 줄 알았죠."

그가 말하는 '예전의 나'를 떠올려본다. 무표정 속에 꾹꾹 눌러 담은 시간들, 꺼내지 못한 감정들과 고요한 싸움을 이어가던 그 시절의 나를. 아버지가 소리를 지르고, 손을 휘두르던 순간들. 거울을 보며 다짐했던 기억들. 흔들리지 말자. 감정을 드러내지 말자. 그래야 덜 다친다고, 그래야 살아남을 수 있다고. 학생 때부터 난 누군가에게 오해를 사는 일이 참 많았다. 누군가는 나를 보고 냉혈한이라 표현했고, 누군가는 나를 보고 감정을 못 느끼는 인간이라 조롱했다.

내 마음도 남들처럼 소용돌이치며 복잡한데 이해할 수가 없었다. 문제를 해결하기 위해 찾았던 병원에서 의사는 차트를 한참 보더니 조심스레 말을 이었다.

"아, 흔히 감정 무표정증(Affective Facial Paralysis)이라고 합니다. 국내에서는 드문 편이지만, 특징은 분명하죠. 마음속으로는 다양한 감정을 느끼고 있음에도, 얼굴 근육이 그것을 제대로 표현하지 못하는 겁니다. 주로 신경학적 원인에서 비롯되는데, 표정 근육을 통제하는 데 어려움을 겪게 됩니다."

의사의 설명을 들으며, 나는 무심하게 고개를 끄덕였다. 도대체 언제부터였을까. 아버지에게 끝도 없이 맞으며 자랐을 때부터였을까. 무기력한 어머니를 외면해야 했던 그 많은 순간들 때문이었을까. 어느 지점에서 그 원인을 꺼내와도 달라질 건 없다는 듯, 나는 담담히 생각했다. 뭐, 그게 언제든 상관없다. 내 일만 잘하면 된다고 생각했다. 법 앞에서는 감정이 아니라 논리가 중요하다고, 그렇게 스스로 단단히 단련시켜왔다. 하지만 이 병은 생각보다 많은 곳에서 내 삶의 발목을 잡았다. 대학 때 사귄 남자친구는 내가 마치 로봇 같다는 말을 아무렇지도 않게 했다.

"야, 너는 여자애가 참. 웃어주기도 하고, 귀엽게 애교도 부려야지. 원. 목석도 아니고."

로펌에서 담당했던 기업체 대표는 내가 타인의 감정에 전혀 공감하지 못하는 사람이라고도 면박을 줬다. 그는 내게 한숨을 쉬며 말했다.

"강변, 사람 감정을 전혀 모르는 것 같아. 무표정이 지나치면 상대방이 불편해질 수 있어. 비즈니스에서는 신뢰가 중요한데, 감정적으로 잘 연결되지 않으면 일이 힘들어지지."

내가 앓고 있는 장애 때문이라고, 나 역시 마음껏 표현하고 싶다고 생각했지만 이내 설명하는 걸 포기했다. 가정에서도, 직장에서도 나는 늘 '낯선 사람'이었다. 감정을 느끼면서도 표현하지 못하는 나, 그 틈새에선 늘 외로웠고 공허했다. 마치 이곳이 내 자리가 아닌 것처럼. 아무리 능력을 증명해도 나는 언제나 경계 밖에 서 있는 존재였다.

누군가가 미리 짜놓은 무대 위에서 나는 늘 부지런히 움직였고, 스포트라이트를 받았지만, 그 안에 완전히 스며들지는 못했다. 언제나 빛의 가장자리, 조용한 그림자로 머물렀다. 그런 나를 보며 괜찮다고 말해주는 사람은 오직 명우뿐이었다. 처음엔 그저 호기심이었다. 하지만 자꾸만 나를 향해 좋다고, 그대로도 충분하다고 말해주는 그의 목소리에, 어느새 나도 모르게 마음이 기울고 있었다.

거울을 바라보고 행복한 생각을 해보았다. 눈가와 입가에 살짝 주름이 지어지는 게 보였다. 아직 완벽하지는 않았다. 어쩌면 명우의 말처럼 나는 변하고 있었다. 아니, 변화가 시작된 건 그것을 만진 순간부터였다. 나는 지연과 함께 방문했던 아쿠아리움을 떠올렸다. 푸른 물속을 유영하던 황금빛 인면어. 그 기묘한 감촉, 내 눈을 바라보다 유유히 떠나던 생명체의 뒷모습이 자꾸만 머릿속을 떠나지 않았다. 그건 무엇이었을까. 환영이었을까, 예언이었을까. 양팔을 타고 오소소 소름이 돋았다. 나는 그 섬뜩한 기억을 떨쳐내려 고개를 세차게 저었다. 하지만 이미 내 안 어딘가에 그것은 은밀히 자리를 잡고 있었다.

지난한 겨울이 지나 산뜻한 봄 공기가 부드럽게 스며드는 어느 날이었다. 노을이 물든 하늘 아래, 명우는 나를 한적한 공원으로 데려갔다. 그는 아버지의 로펌을, 나는 내 사업체를 나름대로 열심히 일구는 중이었다. 명우는 제 일도 힘들 텐데 퇴근하면 꼭 내 사무실로 와서 집까지 태워다주는 것을 잊지 않았다. 가끔 늦게까지 내 옆에 남아 증거 자료를 정리하고, 판례를 함께 검토해주었다. 피곤한 얼굴로도 그는 한 번도 불평하지 않았고, 내가 놓칠 뻔한 중요한 부분까지 세심하게 챙겨주었다.

오늘만큼은 늘 바쁜 사람답지 않게, 여유롭고 차분한 얼굴이었다. 노란 은행잎이 깔린 길을 따라 걷는 동안, 그는 특별한 이야기를 하지 않았다. 대신 손을 꼭 잡은 그의 손끝에서 미묘한 긴장감이 느껴졌다.

공원 한가운데, 오래된 나무 그늘 아래 작은 테이블이 있었다. 새하얀 식탁보 위에는 흰 꽃이 놓이고, 곁에는 와인 한 병이 가지런히 자리했다. 나는 어리둥절한 얼굴로 명우를 바라보았지만, 그는 아무 말 없이 내 손을 잡고 꽃으로 장식된 테이블 앞으로 나를 이끌었다.

"여기서 잠깐만 기다려줘요."

그가 나무 뒤로 사라졌고, 이내 기타를 든 채 내 앞에 나타났다. 그는 조심스레 기타를 치며 노래를 불렀지만, 정작 어떤 곡이었는지는 기억나지 않는다. 다만, 그 순간 나는 아팠던 과거를 조용히 흘려보내고 싶었다. 혼자인 삶에 익숙해지라며, 늘 자신을 다그치며 살아왔다. 누군가와 함께한다는 건 나에겐 언제나 어려운 일이었다. 그러나 그의 떨리는 목소리, 때때로 멜로디를 놓치는 그 어설픔마저도 진심처럼 들려왔다. 기타 소리가 잦아들 무렵, 그는 악기를 내려놓고 내 쪽으로 천천히 걸어왔다. 주머니에서 꺼낸 작은 상자 안엔 반짝이는 반지 하나가 놓여 있었다.

"아버지 회사를 물려받으면서 내가 진짜 원하는 게 뭘까, 오랫동안 고민했어요. 그리고 치열하게 생각했어요. 왜 내가 다시 선배를 찾았는지. 답은 언제나 선배였어요. 선배는 내가 더 나은 사람이 되고 싶게 만드는 사람이라서."

결혼하자는 말을 명우는 빙빙 돌려 표현했지만, 그 안에 담긴 진심은 너무도 맑고 단단했다. 커가며 마음은 점점 얇아졌고, 비늘처럼 쉽게 찢기고 부서졌다. 말 한마디, 시선 하나에도 상처받을 만큼 여려진 내 마음과는 달리 그의 눈엔 두려움과 설렘이 동시에 어리고 있다. 그리고 내가 사랑했던, 그 특유의 따뜻함이 여전히 그 안에 머물러 있다.

지금 이 순간, 누구보다 따뜻하게 웃을 수 있다면 얼마나 좋을까. 하얀 이를 다 드러내며, 마음속 진심을 온전히 보여줄 수 있다면. 눈가에 주름이 질 정도로 환하게 웃으며, 이 벅찬 마음을 표현할 수 있다면 얼마나 행복할까. 나는 온 마음으로 미소 짓고 싶었다. 온전히 번지는 미소로. 누군가 앞에서도 진짜 나로 서보고 싶었다.

그날의 노을은 마치 우리를 축복이라도 하듯 길게 이어졌다. 물론 결혼 후에도 숨 돌릴 틈 없이 바쁜 날들이었다. 로펌 일은 여전히 치열했고, 그중에서도 양육비를 지급하지 않는 전 배우자와의 갈등으로 오랜 시간 고통받아온 의뢰인의 사건을 맡게 되면서, 나는 매일같이 서류와 증거 자료에 파묻혀 지냈다. 이 사건이 단순한 법적 분쟁이 아니라 한 아이의 삶을 좌우할 중요한 싸움이라는 걸 잘 알기에, 나는 더욱 신중하고 치열하게 다가가야 했다.

"선배, 오늘도 늦어요?"

명우는 저녁이 가까워질 무렵 내 사무실로 커피 한 잔을 들고 찾아왔다. 피로로 무거운 머리를 들어 그를 바라보니, 그는 내 책상 위에 커피를 내려놓으며 웃었다.

"잠깐이라도 쉬어요. 결혼하고도 이렇게 열심히 일하면, 남편 입장에서 면목이 없잖아요."

법적 해석은 늘 민감한 문제였기에, 언제나 판례를 철저히 검토하고 모든 증거를 세심히 모아야 했다. 그의 말은, 고슴도치처럼 늘 가시가 돋아 있는 내 마음을 어루만지는 온기가 있었다. 명우가 있어 비로소 내가 혼자가 아니라는 걸 실감했다. 양육비 소송은 쉽지 않았지만, 명우와 함께 준비하며 조금씩 자신감을 되찾았다. 의뢰인의 절박한 눈빛을 보며, 이 사건을 반드시 승리로 이끌겠다는 결의를 다졌다.

의뢰인이 딸, 정아와 사무소에 찾아온 건 오랜만이었다. 정아는 벌써 키가 한 뼘이나 더 자라 있었다. 정아는 반가운 얼굴로 와다다 달려와 내 품에 안겼다. 처음 사무소에 찾아왔을 때, 그녀의 얼굴은 어린선으로 뒤덮여 있었다. 평범한 아이의 깨끗하고 투명한 피부와는 달랐다. 보호해주고 싶은 마음이 절로 들 만큼, 연약하고 가여운 아이였다.

애써 시선을 거두려 했지만, 자꾸만 눈길이 갔다. 붉게 부어오른 피부는 염증으로 뒤덮여 있었고, 정아는 간지럽거나 아플 때마다 자주 울음을 터뜨리곤 했다. 작은 손으로 얼굴을 감싸 쥔 채 조용히 앉아 있던 그 아이는, 간지러워도 쉽게 긁지 못하는 듯 머뭇거렸다. 긁고 나면 더 큰 고통이 따라온다는 걸 이미 알고 있는 듯했다. 손톱 끝에는 늘 피가 맺혀 있었고, 눈동자에는 불안과 두려움이 어린 채 떠돌았다. 저 아이의 고통은 도대체 언제쯤 사라질까. 너는 자라서 결국, 겨우 내가 될 텐데. 정아를 바라볼 때마다, 꼭꼭 눌러두었던 내 안의 상처들이 다시 고개를 들고 붉게 번져가는 것만 같았다.

하지만 양육비 소송에서 승소한 뒤, 본격적인 치료를 받으면서 정아는 조금씩 달라지기 시작했다. 몇 차례 치료가 이어지자, 붉게 부풀었던 피부는 점차 가라앉고 염증도 눈에 띄게 줄어들었다. 변화는 피부에만 머물지 않았다. 늘 칭얼대고 낯선 이에게는 두려운 눈빛을 보내던 정아의 표정에, 어느 순간부터 조금씩 생기가 돌기 시작했다. 눈동자에는 봄 햇살을 머금은 듯 따뜻한 빛이 스며들었고, 하루가 다르게 얼굴은 한결 맑아졌다.

　작은 상처들이 천천히 아물며, 굳어 있던 표정도 부드러워졌다. 붉은 흔적은 어느새 미세한 자국만 남겼고, 그것조차 시간 속에서 옅어지고 있었다. 어린선으로 얼룩졌던 얼굴이 맑아질수록, 정아는 점점 제 또래의 마음을 되찾아가는 듯했다.

　"정말 감사해요. 그동안 고생한 만큼 이제 우리 정아도 조금씩 나아지고 있네요."

　딸을 바라보는 의뢰인의 목소리에는 진심이 묻어났다. 나는 미소를 지었다. 의뢰인은 그동안 여러 차례의 법적 싸움과 감정적인 고통 속에서 힘든 시간을 보내왔다. 그럼에도 오늘 그녀의 얼굴에서는 그 모든 시간이 지난 뒤 힘겹게 얻은 평온이 느껴졌다.

　"양육비를 받을 수 있게 되니까, 마음이 놓이더라고요. 아이가 좀 더 안정된 환경에서 자랄 수 있을 것 같아서요. 처음엔 변호사님이 참 어려운 분 같았는데, 이젠…… 참 많이 편하고, 든든해요."

　나는 따뜻한 차 한잔을 그녀에게 따라주며 말했다.

　"어머님, 정말 잘하고 계세요. 정아는 잘 이겨내고 있으니, 이젠 어머님 인생을 좀 더 돌봐도 괜찮을 거예요."

　그 말에 의뢰인은 눈시울이 붉어졌다. 그녀는 고맙다는 말을 반복하며 내게 작은 손을 내밀었다. 이 따뜻한 온기와 고다움이 나를 살게 했다. 나와 명우, 그리고 그간 담당했던 의뢰인들까지. 그 시절 우리는 겨울의 끝자락을 걷고 있었다. 살을 에는 추위와 상처를 오롯이 마주해야 함에도 봄이 올 것을 알고 있기에 그 고통을 견딜 수 있었다. 승소율이 높아지자, 변호사 사무소는 조금씩 문의가 이어지기 시작했다. 명우와의 결혼 생활 역시 순탄하게 흘러갔다. 그는 로펌을 운영해나가는 바쁜 와중에도, 늘 식탁 위에 꽃을 꽂아두었고 살뜰히 나를 챙겼다.

   결혼 후, 일과 가정 모두에서 안정감을 느꼈다. 그 평화로운 일상이 깨지기 전까지는. 어느 날, 어두운 그림자가 변호사 사무실을 찾아왔다. 인터폰이 울렸고, 화면 앞에 우두커니 서 있는 한 남성을 보고 나는 놀라서 그 자리에 굳어버렸다. 과거 매일 꾸던 악몽이 되살아났다. 삽시간에 가슴이 옥죄어와서, 가쁜 숨을 토해내야 했다. 문 앞에 서 있는 이는 바로, 내가 그토록 몸서리치도록 미워했던, 내 거친 비늘 대부분을 차지하고 있는, 애써 떠나온 아버지였다.

4
빈자리

빈자리

땀이 등줄기를 타고 줄줄 흐르던 한여름, 아버지가 불쑥 사무실로 찾아왔다. 어떻게 이곳을 알았는지는 묻고 싶지 않았다. 분명 어머니를 다그쳤을 것이다. 졸혼을 택했어도, 어머니는 여전히 그의 집요한 추궁과 압력에서 완전히 벗어나지 못했을 테니까.

눈앞의 아버지는 변한 듯, 변하지 않은 모습이었다. 머리엔 흰머리가 늘었고 얼굴엔 주름이 깊어졌지만, 그 표독한 기세는 여전했다. 서울 지역 교육감을 지낸 뒤, 여러 단체에서 교육 고문을 맡았던 사람이라고 하기엔 낯설 만큼 초라해 보였다.

그가 내게 쏘아대던 눈빛, 무시하듯 내뱉던 말투, 손보다 말이 더 아프던 시절의 기억들이 스치며 나는 순간 벽을 짚고 숨을 골랐다. 아버지는 그 자리에 말없이 서 있었다. 과거처럼 단단하고, 고집스러운 채로. 목덜미가 땀에 흠뻑 젖은 그는 후, 하고 깊은 숨을 내쉬었다. 그 입김에서 끔찍한 술 냄새가 풍겼다. 나는 얼굴을 마주할 수 없어 그의 신발만 바라봤다. 검은 구두의 앞코는, 이미 오래전에 빛을 잃은 듯 낡아 있었다.

"결혼했다며. 어떻게 널 낳아준 아비한테 연락 한번 없냐."

아버지의 목소리는 아이들이 갖고 노는 슬라임처럼 힘없이 흐물거렸다. 가족들이 하나둘 곁을 떠난 뒤, 그는 술에 기대어 살아왔다고 했다. 이제는 그의 체면을 지켜줄 어머니도, 그나마 있던 자식들도 곁에 없었다. 홀로 남은 아버지는 초라했고, 무엇보다 외로워 보였다. 한때 교사였던 아버지의 목소리를 칭찬하던 이들도 모두 사라졌다. 수십 년간 술에 절어온 그의 목소리는 이제 본래의 형체를 잃고 둔탁하게 무너져 있었다. 그토록 바라던 교육감 자리에 오르던 즈음부터 그는 극심한 스트레스에 시달렸고, 습관처럼 마시던 술은 점점 그의 일상이 되었다. 정년 퇴임 이후엔 아예 집에 틀어박혀, 술을 물처럼 들이켜며 하루하루를 견뎠다고 했다.

그는 내 결혼식에 초대받지 못한 것에 대한 불만을 노골적으로 드러냈다. 한때 알고 지내던 동네 지인을 통해 아버지가 내가 변호사가 되었다는 사실을 마치 자신의 업적처럼 자랑하고 다닌다는 말을 전해 들은 적이 있었다. 하지만 애초에, 그와 나 사이엔 관계라고 부를 만한 것조차 없었다. 나는 단 한 번도 그를 자랑스럽게 여겨본 적이 없었으니까. 그는 늘 자신의 명예와 권리만을 앞세운 사람. 나를 진심으로 이해하거나 돌보려 한 적은 없었다. 그런 아버지가 내 앞에 다시 나타났다는 사실만으로도 온몸에 소름이 돋았다. 나는 조용히, 그러나 단호하게 말했다.

"초대하고 싶지 않았어요."

이유는 분명했다. 어두운 방 안에 웅크려 잊히지 않는, 씻을 수 없는 과거의 밤을 매일 세고 또 셌다. 비 내리던 어느 날, 매를 견디다 못해 집을 뛰쳐나왔다. 골목 귀퉁이에 앉아 한기에 떨면서도, 힘이 약했던 난 빨리 그가 곯아떨어지기만을 바랄 뿐이었다. 그는 사무실에 앉자마자 휙 한 번 둘러보고는 본론을 말했다. 오천만 원. 그것도 친구에게 빌려준 돈을 돌려받지 못했다는 이유로, 마치 그것이 내가 해결해야 할 일인 과제인 양 던져주었다.

"어릴 적 외가댁 삼촌이 빚을 져서, 내 퇴직금으로 갚아줬던 거 기억하지?"

아버지는 자꾸만 그 일을 꺼냈다. 나도 기억하고 있었다.

"그때 이 아비 아니었다면 외가부터 시작해 우리 집 모두 길거리에 나앉았을 판이었다."

생선이 도마 위에서 펄떡이며 비린내를 풍긴다. 아버지의 말을 듣는 순간, 어린 시절 어머니를 따라 시장에 갔던 기억이 떠올랐다. 도마 위의 생선은 마치 죽음을 앞둔 존재가 마지막 힘을 다해 살아보려 발악하는 듯했다.

탁, 탁. 날카로운 칼날이 생선을 가른다. 살이 떨리고, 지느러미가 쳐들리며, 물컹한 비늘이 도마 위에서 삐걱인다. 이미 생명의 기운은 빠져나간 지 오래, 곪고 병든 살점만이 남아 있다. 여전처럼 활기차게 물속을 가르던 그때의 활어에게는 더 이상 아무도 눈길을 주지 않

빈자리

는다. 그 모습이, 어쩐지 아버지를 닮아 있었다. 스스로 세운 무게에 짓눌려 더는 앞으로 나아갈 수 없음에도, 그 사실을 모른 채 여전히 발버둥치는 모습. 도마 위에서 부질없이 꿈틀거리던 생선처럼, 아버지는 그렇게 서 있었다.

"너, 지금 내 말 듣고 있는 게냐?"

그제야 현실을 자각한 뒤, 그의 눈을 또렷하게 보려 애썼다. 그 순간, 아버지의 동공 위로 눈부처가 나타났다. 시간이 멈추고, 할머니로부터 매타작을 맞던 순간, 임용 고시에 합격하던 순간, 뒤이어 어머니와의 결혼 생활이 파노라마처럼 빠르게 이어졌다. 학교에서 돌아온 그가 거나하게 술을 마신 뒤, 어머니에게 처음으로 손찌검을 하던 날, 그는 자책하며 괴로움에 울부짖었다. 그러나 그날 이후, 마치 봉인이 풀린 괴물처럼 걷잡을 수 없는 폭력을 행사했다. 자신의 결핍에 대한 울분과 지나친 완벽성에 대한 스트레스는 가족들을 들들 볶았다. 나는 가족들에게 폭력을 행사하는 아버지를 그대로 마주할 자신이 없었다. 울퉁불퉁 피어오르는 감정들을 감당할 자신이 없었다. 눈을 질끈 감았다.

아버지는 여전히 거만한 얼굴로 나를 바라보고 있었다. 그의 말투엔 어딘가 비죽거리는 듯한 냉소가 스며 있었고, 그 속에는 당연하다는 듯 무언가를 요구하는 기색이 엿보였다. 하지만 그건 그저 효도라는 이름으로 포장된 압박이었다.

"네게 기회를 좀 주고 싶어서 왔다. 이왕이면 그동안 못했던 효도도 좀 하고."

얄팍한 속셈을 치졸하게 드러내는 아버지의 마지막 말에 일말의 미안함조차 사라졌다. 마음속 깊은 곳에서 분노가 천천히 차올랐다. 꾹 닫고 있던 입을 열었다.

"내가 당신한테 돈을 줄 이유, 전혀 없어요."

단호하게 말했다. 미간이 종잇장처럼 구겨진 아버지는 잠시 내 말을 듣고, 이내 얼굴을 붉혔다.

"딸인 네가 갚아줄 수 없다면, 네 어미한테 연락하는 수밖에. 우린 정식으로 이혼한 사이도 아니고, 말뿐인 졸혼이니 내가 요구하면 네 어미는 갚을 수밖에 없는 처지일 테다. 잘 알았다."

그의 목소리는 차갑고 무심했다. 그의 말이 온몸의 오장육부에 상처를 내는 날카로운 바늘 더미가 된 것 같았다. 그 말이 내게 닿을 때마다 어머니의 얼굴이 떠올랐다. 어머니는 아버지를 피하려고만 했고, 그는 겨우내 도망친 어머니를 다시 쥐어짜려는 것 같았다. 아버지는 내 약점을 누구보다 잘 알고 있었다. 한없이 여리고 다정하면서도, 스스로 아플 만큼 무력한 사람. 그 사람을 빌미로 그는 십수 년간 하지 못했던 효도를 돈으로 갚으라 협박하고 있는 것이었다. 젊은 시절, 아버지는 언제나 어머니를 세상살이를 하나도 모르는 짐짝 취급했다. 어머니가 힘들어도 그저 무심하게 지나쳤고, 끔찍한 말과 행동으로 상처를 주었다. 나는 그런 아버지를 전남편으로 둔 어머니가 진심으로 안쓰러웠다. 내가 가진 돈, 내가 가진 힘을 이용하기 위해, 그는 어머니를 이용하고 있었다. 아버지가 휘파람을 불며 문을 열고 나가려는 순간, 나는 주저하지 않고 그의 팔을 붙잡았다. 그 순간, 내 안에 그동안 억눌러왔던 감정들이 한꺼번에 터져 나왔다. 목소리가 떨렸지만, 내 마음속에서 끓어오르는 분노와 고통을 참을 수 없었다.

"내가 당신 때문에 얼마나 고통받은 줄 알아요?"

그 말을 내뱉으며 마치 오랜 시간 동안 묵혀왔던 울분이 폭발하는 것 같은 시원함을 느꼈다. 그는 잠시 멈칫하며 나를 바라보았다. 그의 눈빛은 여전히 냉담하고 무심했지만, 나는 더 이상 그 눈빛에 흔들리지 않았다.

"지금 제가 이 일을 하는 것도 아버지 같은 사람들 밑에서 자라난 아이들에게, 그리고 어머니를 돕기 위해서예요."

단지 그의 잘못을 지적하기 위해서만이 아니었다. 그동안 내 마음속 쌓인 상처를 마주하고 싶었다. 아버지는 잠시 아무 말도 하지 않았다. 고개를 돌리고, 손끝으로 턱을 쓸어내리며 숨을 깊이 내쉬었다. 그의 눈에 한 줄기 짧은 감정이 스쳤지만, 그것이 무엇인지 알 수 없었다. 그저 나를 보고 있던 아버지의 눈빛 속에서, 오랜 시간 동안 쌓여온 갈등과 미움이 교차하는 듯했다.

"그렇다면 오히려 더 감사해야지. 너한테 이토록 독한 동기부여를 심어줬으니."

말이 되지 않는 논리로 이야기하는 그의 얼굴을 찬찬히 뜯어봤다. 나를 이 세상에 낳아준 사람이라면, 나는 과연 그의 어디를 닮았을까. 눈매와 입매 어딘가에 익숙한 형체가 어렴풋이 겹쳐 보였다. 그 낯선 유사성이, 소름 끼칠 만큼 끔찍했다. 내 유전자 안에 이토록 비정하고 잔혹한 존재가 함께 흐르고 있다는 사실이. 나는 입을 열었다.

"아니요, 아버지. 저는 아버지와 달라요. 어머니가 하지 못했던 일을, 저는 해내고 싶어요. 아버지 같은 사람에게 상처받은 이들, 폭력적인 환경에서 자라난 아이들에게 더 나은 세상이 있다는 걸 보여주고 싶어요. 그게 제가 가고 있는 길이에요."

내 목소리는 이제 확고했다. 그렇게 시원하게 내뱉은 순간부터, 내 안의 비늘이 조금씩 벗겨져 나갔다. 내가 하는 일이 단지 돈을 버는 일이 아니라, 나와 같은 상처가 있는 사람들에게 희망을 주기 위한 일이었다는 것을 아버지 앞에서 분명히 하고 싶었다. 아버지는 그 말을 듣고 다시 한번 침묵했다. 그의 표정에는 변화가 없었지만, 분명 내 말을 곱씹으며 듣고 있을 것이었다. 그의 차가운 외면 속에서도 어쩌면 조금은 후회와 자책이 스며들어 있을지도 모른다는 생각이 들었다. 그래도 교육자라는 명목하에, 일말의 양심이 있지는 않을까, 바랐던 것도 같다. 하지만 그 뒤에 이어진 그의 말이 내 모든 기대를 져버렸다.

"좋은 집에 시집갔다고 들었다. 사위도 변호사라지?"

나는 잠시 멈칫했다. 그가 말하는 '좋은 집'이란, 명으의 집안을 뜻하는 것이 분명했다. 명가는 굵직한 기업 소송부터 사회적으로 이목을 끈 형사 사건까지 맡을 정도로 규모 있는 로펌이었다. 대대로 법조인을 배출한 집안, 그런 집안의 아들에게 시집간 딸이라는 사실이, 아버지에게는 또 다른 목적을 쥐어준 셈이었다. 십수 년간 연락을 끊고 살던 아버지가 나를 찾아온 이유는, 단순히 효도라는 명목이 아니라 내가 가진 것에 대한 욕심 때문일지도 모른다는 생각이 들었다. 명우에 대한 언급이 내 마음에 불편함을 일으켰다. 나는 미간을 찌푸리며 아버지를 바라보았다. 그가 여전히 나를 자신의 도구로 여기는 듯한 태도에 짜증이 밀려왔다.

"법무법인 이름이 명가라고 했던가."

아버지는 어딘가 비웃는 듯한 표정으로 말했다. 말투엔 분명, 내가 명우와 결혼했다는 사실에 대한 불편함과 질투가 섞여 있었다.

"국내 3대 로펌 중 하나라지? 서울 온 김에 사돈한테 인사나 한번 드리고, 우리 사위 얼굴 좀 구경하고 가야지."

한동안 따사로웠던 내 삶에, 아버지는 다시금 침투하려 했다. 내가 명우와 함께 평온하게 살아가는 모습이 그토록 못마땅했을까. 이제 겨우 슬픔의 농도가 옅어졌다고 생각했는데, 그는 결혼을 통해 내가 얻은 안정마저도 질투하며, 그것을 자신의 이익으로 바꾸려 했다. 내가 감정을 얼굴에 드러내지 못하게 된 것도, 최근 생긴 상대의 과거를 들여다보는 이상한 능력조차도…… 어쩐지, 모두 아버지에게서 비롯된 일처럼 느껴졌다.

아버지의 얼굴은 여전히 술에 취해 붉어져 있었다. 사실 문을 열었을 때, 나는 어쩐지 아주 잠시나마 희망을 걸고 싶었다. 핏줄이라는 이름 아래 엷게라도 스쳐가는 감정은 쉽게 떨쳐낼 수 없는 것이었다. 하지만 그는 여전히 내 삶과 성취를, 오직 자신이 원하는 방식으로 이용하려 했다. 그가 언젠가는 자신의 죄를 반성하고, 새로운 삶을 살아가리라 믿었던 내 마음이 얼마나 순진했던가. 그토록 발버둥을 쳤어도, 주민등록 등본만 떼면 내 주소지를 알 수 있는, 끔찍한 천륜이었다.

명우와 어머님, 아버님은 나에게 너무나 중요한 사람들이었고, 그들과의 관계를 어지럽히는 것은 내가 원치 않는 일이었다. 하지만 아버지가 그들을 찾겠다는 말에 내 마음은 무너져 내렸다. 그의 존재가 내 삶에 다시 불쑥 나타나는 것이 두려웠다.

"그만하세요."

나는 결국 입을 열었다. 눈물을 그득 머금었다. 아버지는 내 표정을 보고, 단호한 말을 듣고 잠시 멈칫했지만, 곧 그 얼굴에 다시 비웃음이 떠올랐다.

"네 어미, 그리고 사돈, 사위까지, 내게는 세 가지 패나 있으니 넌 날 도울 수밖에 없을 테다."

그의 말을 더 이상 듣고 싶지 않았다. 아버지가 떠난 뒤, 사무실 안은 다시 고요해졌다. 째깍대는 시계 소리만 크게 울려 퍼졌다. 얼굴의 열감이 도통 식지 않았다. 고요함 속의 분노로 내 마음은 휘몰아치는 중이었다. 그가 나에게 남긴 상처는 여전히 깊었고, 그 상처를 다시는 닫을 수 없을 것만 같았다. 아버지를 만난 후, 매일 밤 잠을 이루지 못했다. 그날의 기억이 계속해서 머릿속을 맴돌았다. 아버지의 얼굴, 그가 내게 한 말, 그리고 그 눈빛. 그 눈빛은 마치 바다의 아주 깊은 곳에서 휘몰아치는 폭풍우처럼, 나를 위협하고 비늘을 곤두서도록 만들었다. 그가 나에게 남긴 말들은 날마다 불안과 두려움을 키웠다.

일주일 뒤, 로펌 명가의 대표이자 시아버지에게서 전화가 왔다. 시아버지의 목소리는 부드럽고 따뜻했다. 명우 없이 둘이서만 밥을 먹고 싶다는 그의 말에 반가움보다 두려움이 더 앞섰다. 혹시라도 아버지가 괜한 말을 전했으면 어떻게 하지. 내 안에서부터 비늘이 가득 곤두서 있었다.

시아버지가 예약한 식당에 도착했을 때, 그는 이미 자리에 앉아 있었다. 반짝이는 샹들리에와 부드러운 조명이 어우러진 고급 레스토랑. 차분한 진갈색 양복에 둥근 중절모를 쓴 그는, 예상보다 한참 일찍 도착해 조용히 나를 기다리고 있었다. 그 사실이 오히려 나를 더 긴장하게 했다. 괜히 찔리는 마음이 들어, 가족 행사 외에는 일부러 연락조차 피하던 사이였으니까. 눈이 마주치자, 나는 그의 얼굴에서 뜻밖의 평온함을 읽었다. 오랜만에 마주한 시아버지의 표정은 여유로우면서도 따뜻했다. 마치 넓은 품으로 조용히 나를 안아주려는 사람처럼.

"잘 지냈니?"

단순한 안부가 아니었다. 시선을 맞추며 조용히 말을 건네는 그의 눈빛을 보는 순간, 왈칵 눈물이 쏟아졌다. 분명 그는 아버지와 연락을 주고받았을 것이다. 생각이 거기까지 미치자 순간적으로 얼굴이 화끈해졌고, 나는 부끄러움에 고개를 떨궜다.

"힘든 일이 있었지? 내가 도와줄 수 있는 게 있다면 말해보아라."

그의 목소리는 단단하면서도 다정했다. 그는 내 마음속 불안을 알아차린 듯, 조심스럽지만 분명한 말투로 말을 이어갔다.

"명우가 너와 결혼하겠다고 했을 때, 내게 말한 게 있었단다. 그 아인 네 상처까지 껴안겠다고 했고, 나는 그 말을 듣고 기꺼이 너를 우리 가족으로 받아들였단다."

그 말에서 나는 오랜 시간 품고 있던 걱정과 두려움이 서서히 녹아내리는 것을 느꼈다. 이내 아버지 일로 너무 마음 쓸 것 없다는 것과, 사돈 댁이 불편함 없도록 시어머니가 어머니를 잘 보살피고 있다는 이야기까지 전해주었다. 네가 원한다면 접근 금지 신청을 통해 그 사람이 너를 해하려는 것 역시 막아줄 수 있다는 말을 덧붙였다. 그토록 숨기려고 노력해왔던 치부를 들킨 것 같아 얼굴이 화끈거렸다. 그러나 동시에 마음이 안정됐다. 시아버지는 찬찬히 고기를 썰어 내 접시에 담아주셨다. 건강을 잘 돌보아야 한다고. 의미 있는 일을 하는 네가 참 대견하다고도 덧붙였다.

그동안 나는 아버지라는 자리가 내 인생에서 영원히 비어 있을 것이라고 믿었다. 부모님의 결혼 생활, 나의 고통스러운 과거와 그로 인한 상처들로 인해 나는 그 자리를 채울 수 있는 사람이 없다고 생각했다. 온화하고 자상한 아버지의 모습은 항상 다른 사람들의 이야기 속에만 존재했고, 내가 그 자리를 채울 수 있을 리 없다고 단언했다. 그는 자리를 뜨기 전, 내게 두툼한 분량의 하얀 봉투를 하나 건넸다.

"일하느라 정신없이 바쁘다고 들었다. 요새 젊은 애들은 한여름에도 보약 많이들 지어 먹는다던데, 한 첩 달여 먹거라. 건강이 제일이니 그 점 잊지 말고."

"아버님, 감사합니다. 살펴 가세요."

나는 엉거주춤 일어나, 돌아서는 시아버지의 뒷모습을 향해 고개를 숙였다. 그의 따뜻한 말과 행동 속에서, 마음 한켠의 빈자리가 조금씩 채워지고 있음을 느꼈다. 그동안 나는 아버님을 존중했고, 늘 좋으신 분이라 생각하면서도, 내 과거를 들킬까 두려워 스스로 거리를 두고 있었다. 그런 내 모습이 문득 부끄러워졌다. 이제야 깨달았다. 그는 어느새 내게 아버지처럼 다가와주고 있었다는 것을. 그는 내가 오래도록 바랐던, 온화하고 자상한 아버지의 모습 그대로였다. 곰팡내 배인 마음속 구석에 조용한 미풍이 스며드는 듯했다. 새로운 가족을 기꺼이 받아들이려는 진심.

내가 오랫동안 두려워하고 외면해왔던 이 관계가, 지금은 오히려 나를 감싸는 따뜻한 위로가 되어주고 있었다. 간만의 오후는 유난히 화창하고 따스했다.

마음의 먼지를 털어내고 새로운 의뢰인, 연화를 만났다. 그녀는 수

수한 얼굴과는 반대되듯, 화려한 화장과 몸에 딱 달라붙는 옷을 입고 있었다. 첫인상은 강렬했지만, 그 표정은 불안으로 가득 차 있었다. 붉게 충혈된 눈과 검은 다크서클, 무엇보다 짙은 갈색의 동공은 놀랍도록 흔들리고 있었다. 나는 그녀가 왜 이렇게 불안해 보이는지 알 수 없었다. 그녀의 외모와는 달리, 눈빛 속에서 무언가 숨기고 있는 듯한 기운이 느껴졌다. 그 순간, 나는 직감적으로 그녀가 단순한 양육비 소송으로 날 찾아온 의뢰인이 아님을 깨달았다.

"안녕하세요, 변호사님."

연화의 목소리는 떨렸다. 나는 그녀가 어떤 이유로 이 사무실을 찾아왔는지, 그리고 그녀가 정말 원하는 것이 무엇인지 궁금했다.

"편하게 말씀하세요. 어떤 문제로 오셨나요?"

나는 의자에 앉으며 그녀에게 물었다. 그녀는 잠시 주저하다가, 마침내 입을 열었다.

"남편이 경제적으로 여유가 있는데도 양육비를 못 받고 있는데, 혹시 받을 방법이 없을까요?"

그녀는 눈을 내리깔며 말을 이어갔다.

"이혼을 요구할 때도 꽤 오랜 시간이 걸렸거든요. 몇 년간 빌다시피 한 뒤 요구에 응해줬고, 그 뒤로 저 홀로 아들을 키우고 있어요."

그녀의 이야기는 겉보기에는 단순한 양육비 미지급 문제처럼 보였다. 그러나 그녀의 눈빛은 그저 경제적인 문제를 넘어선, 뭔가 더 깊은 불안을 숨기고 있었다. 나는 그녀가 숨기고 있는 것이 무엇인지 알아내야 했다.

"연화 씨, 그렇다면 전남편의 재정 상황에 대해 알고 계시나요? 그가 양육비를 지급하지 않는 이유가 짐작이 가시나요?"

나는 그녀에 대해 좀 더 알고 싶었다. 깊이 알기 위해 다른 질문을 곁들였다. 연화는 잠시 머뭇거린 후, 조용히 고개를 저었다.

"음…… 그는 요식업에 종사했고, 지금은 개인적인 사업을 하고 있어요. 그 사업이 어떻게 돌아가는지 알 수가 없고요. 늘 바쁘다고만 하고, 저와 아이에 대한 아무런 책임을 지지 않아요."

이치에 안 맞는 것은 아니었지만, 계속 같은 말을 빙빙 반복해서 말하는 연화가 뭔가 의심스러웠다. 더욱이 요식업에서 일하던 사람이 갑자기 사업을 한다는 것은 흔한 일이 아니었다. 그리고 사업이 어떻게 돌아가는지 모른다는 그녀의 말은, 그가 뭔가 숨기고 있다는 증거일 수 있었다. 의심스러운 내 눈초리에 그녀는 결국 자신의 과거 이야기를 술술 털어놓았다. 일하던 레스토랑 사장이었던 전남편은 알바생이었던 연화에게 처음부터 접근했다. 임신한 연화는 일련의 이유로 이혼을 요구했지만 뜻대로 들어주지 않았고, 겨우 이혼한 뒤로 몇 년간은 양육비를 주며 재결합을 요구했다고 했다. 그러나 얼마 전부터는 아예 연락을 받지 않으며, 두절이 된 상태라고 했다. 나는 이 사건을 맡기로 결심하며, 그녀에게 몇 가지 질문을 덧붙였다.

"전남편이 어떤 사람들과 일하고 있나요? 혹시 사업 외에 다른 사람들과도 자주 연락을 주고받나요?"

나는 그녀의 반응을 살폈다. 연화는 잠시 고민하다가, 떨리는 목소리로 말했다.

"그와 종종 연락하는 사람들이 있어요. 가끔 그들의 이름을 듣기도 했는데, 제가 알지 못하는 사람들이었어요. 그리고 그들이 항상 바쁘다는 이유로 만나지 못한다고 하더군요."

살짝 드러난 그녀의 팔목은 겨울 나뭇가지처럼 앙상해 보였다. 창백한 피부 아래엔 붉고 푸른 멍이 들어 있었다. 동공은 풀려 있고, 불안한 듯 다리를 달달 떨었다. 나는 불길했다. 그가 연락을 자주 받는 사람들이 누구인지, 그리고 그들의 신원에 대해 더 파헤쳐야 했다. 불법적인 사건과 연루된 것 같았다. 이 사건은 단순한 양육비 소송이 아니었다. 뭔가가 숨겨져 있었다. 나는 그녀에게 계속해서 물었다.

"혹시 그가 어떤 불법적인 활동에 연루되어 있을 가능성은 없나요? 사업 혹은 뭐 재정적인 부분에서 말이죠."

연화는 눈을 크게 뜨며 나를 쳐다보았다.

"그게…… 그럴 리가 없겠죠. 그냥 평범한 사업가여요. 너무 바쁘기만 할 뿐, 불법적인 일을 저지를 사람은 아니에요."

그녀는 내게 속을 들키지 않으려 오히려 큰 소리로 자신의 불안을 잠재웠다. 내 눈을 똑바로 응시하지 못하고, 자꾸만 시선을 피했다. 나는 그녀가 숨기고 있는 더 깊은 진실을 알아내야 했다. 사건을 맡기로 결심한 이후, 그녀가 말한 전남편의 재정 상황과 사업에 대해 철저히 조사할 필요가 있었다. 그녀가 제공한 전남편의 이름과 정보를 토대로 그의 주변 인물들을 추적하기 시작하다 미심쩍은 부분을 발견했다. 나는 그녀에게 다시 연락을 취했다.

"전남편, 정진태 씨와 관련된 사람들 중 몇 명이 경찰 기록에 꾸준히 이름을 올렸더군요. 일부는 금융 사기, 일부는 약물 범죄와 같은 것들에 연루되어 있었고요."

연화는 듣고 싶지 않은 진실을 들은 것처럼 양쪽 미간을 찡그렸다. 고개를 양옆으로 가만가만 저었다.

"그래서요? 변호사님, 제가 양육비를 받아야 하는 것과 그 사람들이 무슨 연관이 있죠?"

신경질적으로 변한 그녀를 잠재우기 위해, 나는 다른 쪽으로 화제를 돌려야만 했다. 그리고 연화에게 전남편이 의도적으로 양육비를 주지 않으려는 이유가, 그가 숨기고 있는 더 큰 범죄와 연관이 있다는 것을 확신하게 되었다. 이 사건은 이제 단순한 법적 싸움이 아니었다. 나는 점점 더 깊은 진실을 파헤쳐야 했고, 그 과정에서 나 자신도 위험에 처하게 될 것임을 직감했다.

연화는 아이를 홀로 키우기엔 적당하지 않아 보였다. 그녀는 자주 약속된 시간보다 늦게 왔고, 내 말을 듣는 둥 마는 둥 했다. 애써 잇지 못한 문장 속에는 빈자리가 뚫린 듯 수상함이 묻어 나왔다. 대화할 때 그녀의 눈빛은 흐릿하고 불안정하며, 초점을 맞추지 못한 채 공허하게 허공을 응시하는 경우가 숱하게 많았다. 갑작스러운 바깥의 소음에 화들짝 놀라다가도, 금세 불안해했다. 때론 감정의 탑이 송두리째 무너진 듯, 웃음도 울음도 아닌 공허한 표정을 지어 보였다. 전남편의 행방에 대해 아무것도 모른다고 했다가도, 급하게 튀어나오는 정보 속 고개를 갸웃거려야만 했다.

"최근까지 전남편분이 어디 있었는지 아실까요?"

"몰라요. 음, 중국에 자주 간다고만 들었어요."

나는 순간적으로 멈칫했다. 수사과 경찰로 일하고 있는 남동생, 도영에게 요청했을 때도 받지 못했는데…… 아직 공식 수사 기록에도 없던 정보였다. 연화는 생각보다 많은 정보를 알고 있었고, 자신이 취사선택해 정보를 전달해야 한다는 사실을 인지하고 있었다. 연화는 토막 난 문장처럼, 전남편과 관련된 사실들을 듬성듬성 내게 전달했다. 온전히 변호사를 믿고 진행하지 않는 이상, 승소 가능성은 적어 보였다. 한동안 멈췄던 두통이 다시금 도졌다. 그녀는 나를 앞으로 내세워, 원하는 목적을 꼭 달성해야 하는 사람처럼 보였다.

"저, 선생님, 전남편이 법정에서 무조건 패소해야 하거든요. 그가 이기면, 저 정말 끝장이에요."

나는 연화의 초조한 얼굴을 가만히 바라보았다.

"끝장이라뇨?"

그녀의 손톱은 이미 많이 상해 있었고, 애써 시선을 피했다. 손에 쥔 컵이 달달 떨릴 때가 많았다. 사무실에 들어오는 발걸음은 흔들리고 비틀거리기 일쑤였다. 말은 자주 끊겼고, 문장은 흐릿하게 이어졌다. 끝맺음을 망설이거나 어지럽게 꼬이는 말들 속에서, 그녀가 무슨 말을 하고 싶은지 알아듣기조차 어려운 순간이 많았다. 전남편에 대한 이야기를 꺼낼 땐 특히 그랬다. 종종 멈춰 서서 침묵에 잠기고, 금세 말을 잃었다.

연화는 나와의 대화에서도 알맞은 말을 고르는 데 어려움을 겪었다. 작은 얼굴에 비해 유난히 크고 선명한 눈, 코, 입을 바라보며 문득 생각했다. 한때는 분명 예쁜 얼굴이었을 텐데. 그러나 지금의 그녀는, 백육십이 채 안 되는 키에 사십 킬로도 되지 않아 보이는 앙상한 몸으로, 마치 바람만 불어도 부서질 것처럼 위태로웠다. 길 가다 벽에라도 부딪히면 금방이라도 산산이 부서질 듯 가녀렸다. 서른을 갓 넘긴 나이였지만, 창백하고 축 늘어진 피부는 그녀를 훨씬 더 나이 들어 보이게 했다. 열 살쯤은 족히 더 들어 보였을까. 한눈에 보기에도 안쓰러웠다. 대답하기 어려운 질문이 나오면 이마와 콧등에 금세 땀이 맺혔고, 나는 손수건을 꺼내 건네주곤 했다. 그녀는 마치 현실과 꿈의 경계 어딘가를 떠도는 사람 같았다.

품에 안은 아이에게도 계절과 맞지 않는 옷이 입혀져 있었다. 아이는 생후 18개월 정도라고 했다. 어딘가 취해 있는 연화를 보며, 나는 그녀를 따라가야 할 것 같은 충동에 휩싸였다. 한 손에 든 아이가 위태로워 보였다. 준비해온 서류를 제출하고 그녀는 재빨리 집으로 돌아갔다. 테이블 위에 그녀가 두고 간 휴대폰이 보였다. 정당한 명분이 생겨 기뻤다.

가로등 뒤에 숨어 그녀의 뒤를 쫓았다. 작은 빌라촌에 들어선 그녀의 걸음걸이는 불안했다. 붉은 벽이 칠해진 허름한 빌라 안, 연화는 낡은 단자함, 검은 빈자리에서 무언가를 꺼냈다. 주변을 살피더니 재빨리 뭔가를 갖고 안으로 들어섰다. 지하에서 도어락 소리가 들렸다. 반 틈 열린 창문 틈으로 살며시 그녀의 모습이 보였다. 그녀는 품에 안고 온 푸른색 병 안에서 작은 알약을 꺼내 입에 삼켰다. 선반 위에 둔 약의 정체가 궁금했다. 빌라 옆 쓰레기통에는 푸른색 병이 담긴 수많은 자루가 나왔다. 이 약물의 정체는 알 수 없었지만, 그녀를 위태롭게 하는 것임은 분명했다.

5
비늘의 증명

비늘의 증명

　겨우 집에 들어선 그녀의 얼굴은 고통으로 얼룩져 있었다. 거친 숨을 토해냈다. 급한 손길에 책상 위에 놓인 화병이 쓰러졌고, 큰 소리에 놀란 아이는 울음을 터뜨렸다. 알약 통에 손을 넣어 뭉텅이로 꺼내 입에 집어넣는 그녀의 모습을 본 순간, 심장이 멎는 듯했다. 아무리 몸에 좋은 비타민이라도 저렇게 과다 복용하는 건 좋지 않을 터였다. 아이는 더더욱 자지러지게 울었다. 이불 위에서 버둥거리는 아이에게 시선 한 번을 주지 않고 연화는 몽롱한 꿈을 꾸는 듯 취해 있었다. 고개를 위아래로 주억거리며 한참을 행복하게 미소를 지었다. 아이는 제게 시선을 주지 않는 어미를 향해 더 크게 울었다. 목이 쉬어 울음이 메마를 때까지, 아이가 제풀에 지쳐 울음을 멈출 때까지 연화는 한 번도 아이를 들여다보지 않았다. 아니. 들여다볼 수 없었다. 심장이 울렁거렸다.
　푸른 알약에 취해 있는 연화는 약 기운을 못 이긴 채. 이불 위로 풀썩 쓰러졌다. 이내 잠이 든 것 같았다. 아직 아이가 어린데, 그런 환경

속에 두고 싶지 않았다. 하지만 나는 그저 멀리서 지켜볼 수밖에 없었다. 연화가 늘 제정신이 아니었던 이유가 있었다. 그녀는 심각하게 어떠한 약에 중독되어 있었다. 그녀가 직접 약물을 삼키는 모습을 직접 보니, 심장이 콱 막힌 듯 답답해져왔다.

변호사로서, 법조인으로서 그녀가 약물에 중독되어 있다는 사실을 알았을 때 그 사실을 법정에 제출해야 할 의무가 있었다. 하지만 아이 생각에 마음이 울렁였다. 작은 존재를 생각하니 손이 벌벌 떨렸다. 잠시 생각을 멈추고, 그곳에서 물러나기로 결심했다. 이 사건은 단순한 양육비 소송이 아니었다. 분명 그녀는 무언가를 숨기고 있었다. 그리고 난, 그 비밀이 훨씬 더 복잡하고 위험한 일과 연결되어 있다는 불길한 예감을 떨칠 수 없었다. 단, 어떤 진실이 기다리고 있든 아이만큼은 지켜야 했다.

한동안 그 자리를 떠날 수 없었다. 손목에 차고 있던 시계를 쳐다보며, 다음에 무엇을 해야 할지 고민했다. 머릿속에서 여러 가지 생각이 미로처럼 엇갈렸다. 동생 도영에게 전화했다. 수화음이 이어졌다. 달칵.

"응, 도영아. 공식적인 수사 자료가 필요해. 문서 제출 명령을 신청하려 해."

몇 주 후, 나는 그의 재정 기록을 좀 더 낱낱이 추적하면서 충격적인 사실을 발견했다. 회사 계좌에는 일정한 주기로 거액이 입금되었지만, 출처가 모호한 경우가 많았다. 입금된 회사를 검색해보아도 모두 실체가 불분명한 유령 회사들 뿐이었다. 매달 비슷한 시기에 반복적으로 입금된 거액의 자금이 눈에 띄었다. 일반적인 사업 거래라기엔 지나치게 일정한 패턴을 보였고, 송금 내역에는 '컨설팅 비용'이나 '부동산 투자'나 '여가 비용'과 같은 모호한 명목이 적혀 있었다.

또한, 몇몇 입금 내역을 추적하던 중 나는 해외의 한 기업과 연결된 계좌를 발견했다. 그 계좌는 동남아시아와 남미의 여러 나라에서 주기적으로 돈을 송금받고 있었고, 중국으로 찍힌 곳도 상당했다. 같은 날 비슷한 금액이 다른 계좌로 다시 흘러갔다. 마치 돈의 출처를 감추려는 듯 복잡하게 얽혀 있었다.

그의 개인 카드 사용 내역도 의심스러웠다. 공식적으로는 식품 관련 중소기업의 CEO였지만, 그는 수억 원대의 외제 차를 여러 대 소유하고 있었고, 초호화 호텔과 클럽에서의 소비 내역도 상당했다. 그가 자주 찾는 클럽에서는 매번 VIP 룸을 예약하고, 수천만 원이 넘는 술값을 일회성으로 지불했다. 심지어, 파티 참석자들에게는 명품 가방이나 시계를 선물로 나누어주는 등 도를 넘는 허세를 과시했다. 특히, 특정 고급 라운지에서 결제한 기록이 반복적으로 등장했는데, 그곳은 이전에 불법 약물 유통으로 수사망에 올랐던 장소였다.

이러한 행적들은 단순한 사치의 범위를 넘어서 있었다. 요식업에 종사하던 사람이 단 몇 년 만에 이루기에는 너무 과한 것들이었다. 걸리는 부분이 한두 개가 아니었다. 그는 꾸준히 거래하는 공장이 있는지 자주 중국을 왔다 갔다 했다. 표면적으로는 요식업에서 확장한

수출 사업을 합법적으로 운영하는 듯했지만, 실제로는 불법적인 약물 거래와 돈세탁을 통해 거액을 벌어들이고 있었다. 이대로 둔다면 막강한 힘을 가지고 얼마나 더 불법적인 일을 저지를지 예상할 수조차 없었다.

저렇게 큰돈을 벌고 있으면서 제 아이에게 양육비를 지불하지 않는 의도가 궁금했지만, 지금 당장은 알 수 없었다. 분명한 건 그가 불법적으로 벌어들인 돈을 숨기고 있다는 사실이었다. 조사가 진행될수록, 나는 점점 더 깊은 위험에 빠져들었다. 그 남편의 범죄 활동은 단순한 마약 밀매에 그치지 않았다. 그는 범죄 조직과도 밀접하게 연관되어 있었다. 소송을 준비하는 와중, 알게 된 미심쩍은 부분이 있었다.

연화가 상담을 오는 날이면, 수상한 차 한 대가 늘 변호사 사무실 앞에 서 있었다. 그녀를 데려다주고, 또 데려가는 장면이 자주 포착되었다. 차에서 내린 연화는 비틀거리는 걸음으로 사무소를 향해 걸어왔다. 연화를 에스코트해주는 여성은 큰 키에 코트를 입은 채였고, 살뜰하고 다정하게 그녀를 챙겼다.

"거의 매번 태워다주시던데, 저분은 누구신가요."

연화는 오한을 느끼는지 몸을 한 번 부르르 떨고 난 뒤, 따라둔 물을 한 컵 마셨다.

"그냥, 제 일 도와주는 친구, 케이예요."

그냥 친구라기엔 둘의 관계가 수상했다. 서로를 바라보는 눈빛이 애틋했고, 왠지 모를 수상함이 느껴졌다. 도영에게 그 둘에 관해서도 함께 조사해달라는 요청을 했다. 전화가 온 건 바로 그다음 날이었다.

"누나, 연화라는 그 사람 조사해보니 걸리는 게 너무 많아. 예전에 약물 남용으로 몇 번이나 감옥에 다녀온 적이 있고. 찾아보니 케이라는 사람과 동거인으로 등록되어 있던데?"

동거인이라는 말이 자꾸 가슴에 걸렸다. 전 직장 동료와 사이가 아무리 좋아도, 함께 살 만큼 가까워질 수 있는 걸까? 연화가 케이를 바라보던 눈빛은 단순한 친구 사이와는 달랐다. 때로는 아련하게, 때로는 안쓰럽게 어딘가 탐닉하듯 그의 얼굴을 오래 바라보았다. 케이는 그런 연화의 시선을 한동안 받아주다가, 이내 조용히 눈을 돌렸다. 서로의 내밀한 상처를 알고 있기에, 더 깊이 의지하게 되는 것일까. 이런저런 생각들이 머릿속을 떠나지 않아, 좀처럼 잠을 이룰 수 없었다.

자꾸 케이에 대해 추궁하자, 연화는 내 물음에 못 이기는 척 털어놓았다. 그는 연화와 과거 레스토랑에서 함께 일했던 동료라고 했다. 그녀와 케이는 꽤 깊은 관계처럼 보였다. 케이는 연화에게 자주 연락했고, 아이를 돌보거나 식료품을 사다 나르는 등 실질적인 가장 역할을 하고 있었다. 그녀의 집 앞에서 서성이는 케이를 마주친 적이 있었다. 짙은 갈색 머리와 부드러운 눈빛, 여성임에도 꾀 중성적인 느낌이 드는 사람이었다. 반질반질 빛나는 피부와 또렷한 눈매, 깔끔한 옷차림의 케이는 세련되면서도 도시적인 느낌을 자아냈다.

하지만 케이의 친절은 결코 자연스레 나온 것이 아니었다. 그는 사람들의 약점을 파악하고 그것을 이용하는 데 능숙했다. 연화를 기다리며 변호사 사무소 앞 벤치에 앉아 있던 케이에게 시선을 고정했다. 연화는 그것도 모른 채 준비된 자료를 꺼내고 있었다.

케이는 내가 저를 지켜보고 있다는 사실도 모른 채, 제 옆에 날아든 비둘기 떼에게 먹이를 주고 있었다. 이내 제 발 옆에 다다른 비둘기에게 발길질했고, 새들은 놀라 푸드덕거리며 날아갔다. 케이의 눈빛은 때때로 냉혹했다. 실수로 부딪힌 행인을 죽일 듯 노려보다 금세 가면을 쓴 채 웃어 보였다. 그러던 순간, 케이가 갑자기 고개를 들어 창문 위 나를 보았다. 나는 재빨리 무릎을 접어 의자 밑으로 숨었다. 연화는 이상하다는 듯 나를 쳐다보았다.

나는 그녀를 감시하는 일을 그만두었다. 그럼에도 뭔가 석연치 않은 느낌을 지울 수 없었다. 수사 기록을 찾아보니 케이의 최근 기록은 깨끗했다. 하지만 분명 무언가 어두운 속내가 마음 깊은 곳에 자리한 것 같았다.

사건을 맡아야 하는지에 대한 고민이 날마다 이어졌다. 하지만 꼬물거리는 그녀의 아이를 생각하면 쉽게 포기할 수 없었다. 연화와 함께 소송 자료를 준비하고, 집 앞으로 데려다준 날 밤, 갑자기 타이어 앞바퀴가 고장 나는 바람에 잠시 차를 멈추어 대야만 했다.

하늘에 구멍이 뚫린 듯, 비가 갑자기 더 쏟아졌다. 섣불리 차를 두고 움직일 수도 없는 상황 속 비가 멈추기를 기다리며 잠시 차에 기대 앉았다. 명우에게서 여러 번 부재중 전화가 와 있었다. 전화를 걸려던 순간 익숙한 사람이 눈에 들어왔다.

집 앞 주차장, 검은 우비를 뒤집어쓴 케이였다. 나는 그녀에게 시선을 고정했다. 케이는 주변을 이리저리 살피다 사람의 인적이 드문 빌라 단자함에 주머니에서 꺼낸 무언가를 재빨리 집어넣었다. 그리곤 다시 주변을 살피다 그 속에서 푸른 알약통을 하나 꺼내 안으로 들어갔다. 쏴아아. 케이가 사라지자 비가 더 세차게 쏟아졌고 나는 그녀가 무언가 심상치 않은 일을 꾸민다는 생각이 들었다. 비를 맞고 뛰어간 그 자리에, 우편함 단자 안에는 뭉툭한 우편 뭉치가 보였다. 슬쩍 만져보니 앞부분에는 꼼꼼하게 포장된 단단한 봉투가 들어 있었다. 주머니에 있는 커터칼로 봉투를 살짝 뜯었다. 안을 보니, 연화가 먹던 푸른색 알약 수백 통이 가득 들어 있었다.

케이는 그녀에게 끊임없이 약을 제공하고 있었다. 그녀는 연화의 유일한 친구이자 법률로 등록된 동거인이었다. 연화에게 한없이 상냥하고, 다정하다던 케이가 연화를 절망의 구렁텅이로 몰아넣고 있던 장본인이라니. 나는 도저히 이해할 수 없었다. 수개월 간 지켜본 결과 케이는 연화가 약물을 끊지 못하도록 계속 조금씩 더 많은 양을 제공했고, 그녀가 힘들어할 때 일이 바쁘다는 핑계로 연락을 끊어버렸다. 약물에 중독된 연화는 이미 내성이 생겨서 쉽게 그 약을 포기할 수 없었다. 그럴수록 홀로 아이를 키우는 연화는 점점 더 힘들어졌다. 케이가 제공하는 '친절'은 결국 그녀를 더 깊은 절망 속으로 몰아넣는 도구였다. 그대로 지켜볼 수만은 없었다. 도영에게 전화를 걸어 케이의 통화 이력을 조사해달라고 요청했다. 세찬 비는 계속해서 더 퍼부었다.

'010-3455-61768'

형광펜으로 친 익숙한 번호가 계속 눈에 들어왔다. 잃어버린 퍼즐을 짜 맞춘 것처럼. 머릿속에 빛이 켜졌다. 케이의 통화 목록에는 연화의 전남편 번호가 수없이 새겨져 있었다. 똑똑. 창문을 두드리는 노크 소리에 소스라치게 놀라 종이를 떨어트렸다. 케이였다. 어두운 밤임에도 그녀는 선글라스를 낀 채였다.

"변호사님, 여기까지 어쩐 일이세요?"

등골에 소름이 끼쳤다. 검은 우비를 쓴 케이가 의심스러운 눈빛으로 나를 바라보았다.

"서, 서류를 두고 가서요. 연화 씨가요."

차 옆 조수석에 있는 가방을 재빨리 뒤졌다. 소송 사건과 전혀 관련 없는 서류를 꺼내 케이에게 전했다. 케이는 그제야 조금은 풀어진 표정으로 내가 건네준 서류를 받았다. 냉정한 표정을 싹 지운 채, 다시금 친절한 가면을 쓰고 집으로 돌아갔다. 이대로 보낼 수는 없었다. 얽혀 있는 셋의 관계를 알아내야 했다. 나는 돌아가려는 케이를 따라서 뛰었다. 우산을 쓴 채로 그녀에게 다가갔다.

"저, 잠깐만."

그녀의 과거를 알고 싶었다. 케이와 전남편 정진태, 그 세 명이 얽힌 복잡한 실타래를 풀고 싶었다. 그런데, 선글라스 속 케이의 동공을 아무리 뚫어져라 응시해도 전처럼 낯선 광경이 나타나지 않았다. 동공 속 눈부처가 보이지 않았다. 다시 심기일전하여 그녀의 동공에 집중했다. 도통 몰입할 수 없었다. 그녀의 진심을 읽을 수 없어 과거로 들어가지 못하는 것만 같았다.

"괜찮으세요?"

케이가 고개를 갸웃거리며 나를 살핀다. 큰일이다. 이대로 그녀를 보낼 수 없었다. 그녀는 점점 더 의심스러운 눈초리로 나를 바라보았다. 쏴아아. 비가 계속해서 쏟아지고 있었다. 혹시 선글라스가 그녀의 과거 속으로 들어가는 걸 막는 장애물이라면? 상대의 동공을 마주하지 않으면 과거를 엿볼 수 없다. 나는 나름의 법칙을 세워보며, 케이의 선글라스를 벗길 방안을 생각해냈다.

"변호사님?"

"저…… 그 선글라스. 너무 제 스타일이어서 그러는데, 혹시 한번 봐도 될까요?"

그녀는 의심의 눈초리를 거두지 못한 채, 찬찬히 선글라스를 벗었다. 그리곤 아주 느린 속도로 선글라스를 내게 건넸다. 검은 테에 금색 장식의 선글라스를 한참이나 살폈다. 어머. 정말 꽤 고급스럽네요. 저도 이런 거 사고 싶었거든요. 되지도 않는 말을 늘어놓으며, 식은땀이 등 뒤로 비실비실 흘렀다. 샅샅이 확인하는 척하다 다시 고개를 들어 그녀의 눈에 시선을 고정했다. 제발. 제발. 간절히 바라고 또 바랐다. 케이의 눈에 눈부처 형상이 나타났다. 성공이다. 거부할 수 없는 힘이 나를 또 물보라 속으로 집어넣었다. 이내 눈앞에 낯선 광경이 그려졌다.

따사로운 조명이 흐르는 이곳은 서울 시내에 자리한 고급 레스토랑이었다. 클래식 피아노 소리가 울려 퍼지고, 사람들의 말소리가 언뜻언뜻 들려왔다. 사람들은 마치 내가 보이지 않는 듯, 나를 스쳐 지나갔다. 레스토랑 안 작은 방 안, 연화는 지친 표정으로 쓰러져 있었다. 연화에게 있어 일종의 피난처 같았다. 쉴 틈 없이 이어지는 아르바이트 속, 세상과 거리를 두고, 잠시라도 혼자만의 시간을 갖기 위해 이곳을 찾곤 했다. 오늘도 그녀는 자신을 둘러싼 불안한 현실을 잠시 잊으려 했다. 케이는 연화와 함께 일하던 동료 직원이었다. 검은 의상에 짙은 립스틱을 바르고, 살짝 고요하면서도 무언가 집요한 눈빛을 가진 케이가 술집 입구로 들어섰다. 나도 그 입구를 따라 들어갔다.

그 순간, 연화의 어깨에 힘이 들어갔다. 자신도 모르게 긴장을 느끼는 것 같았다. 케이가 연화에게 다가왔.

"오늘 기분은 어때?"

연화는 케이의 눈을 피하며 애꿎은 본인의 어깨를 주물렀다. 얼굴이 금방 달아오르고, 애써 시선을 피하려는 것 같았다.

"그냥…… 괜찮아."

그녀는 애써 무심한 척했다. 케이는 연화에게 피로회복제 한 병을 건네주었다.

"너무 무리하지 말아. 이거 마셔. 내가 마시려고 가져온 건데, 연화에게 더 필요할 것 같아서. 오늘 힘들면 일찍 들어가고. 내가 매장 마감 대신 하면 돼."

나는 연화를 찬찬히 살폈다. 연화는 고맙다는 얼굴로 케이를 바라보았다. 케이에게 인간적인 매력을 느끼고 있음이 분명해 보였다. 그 감정은 순수한 애정이었고, 케이가 보여준 친절함에 감동받은 듯했다. 케이를 따라 나가자 한 남성이 문밖에 서 있었다.

"연화는 좀 어때?"

"피곤한 듯해요. 조금 쉬라고 두고 나왔어요. 그리고 사장님이 음료 전해줬다고 전달했고요."

"고마워. 정말."

말을 전했다고? 나는 의아한 얼굴로 케이의 뒤를 쫓았다. 케이는 또각거리는 구두로 매장 밖을 향해갔다. 사장 앞에서 웃으며 연화의 상황을 고하던 케이의 얼굴은 금세 굳어졌다. 살짝 깨문 입술 사이로 신음이 흘러나왔다. 뒤를 쳐다보는 눈에는 질투와 시기가 묻어 나왔다. 케이는 연화의 전남편 진태를 사랑하고 있었다. 그 사랑은 비뚤어졌고, 연화와의 관계에서 생긴 질투가 케이의 마음을 더욱 깊게 만들었다. 그때, 연화의 기억 속에서 진태의 얼굴이 떠올랐다. 눈앞의 상황이 마치 물보라처럼 스쳐 지나갔다. 세 명이 얽힌 아주 오랫동안의 질긴 인연이 마치 비디오테이프처럼 흘러갔다.

과거를 엿볼 수 있는 능력도 업그레이드가 되는 건가? 낯설었지만, 적어도 내 일에서는 이 능력이 꽤 유용하다는 생각이 들었다. 원치 않는 관계로 인한 임신, 연화와 진태가 결혼한 이후, 그 결혼 생활 속에서 연화는 점점 더 감정적으로 고립되어갔다. 몇 년 전부터 연화는 케이에게 깊은 감정을 느끼고 있었다. 힘든 시기, 자신의 마음을 위로해주고 진심으로 소통할 수 있는 케이를 늘 생각하고, 따랐다. 케이의 동공 속에 담겨 있던 눈부처는 또 다른 곳으로 나를 데려갔다.

스테인리스 조리대 위에 몇 장의 서류가 널려 있었다. 진태는 고급 정장 소매를 걷어 올린 채, 담배를 입에 물었다. 레스토랑 지점이 잘되자 진태는 사업체 수를 걷잡을 수 없이 늘렸고, 코로나 시국 이후 직격탄을 맞았다. 운영이 어려워진 이후로, 그는 불법적인 약물 거래에 손을 대기 시작했다. 주방 한쪽에서는 직원들이 늦은 밤까지 설거지를 하고 있었지만, 그의 주변은 기묘할 정도로 고요했다.

"이 물건, 다음 주까지 들어온다고 했지?"

진태는 누군가에게 낮고 건조한 목소리로 말을 이었다. 테이블 맞은편에 앉은 남자는 고개를 끄덕이며 주머니에서 작은 병을 꺼내 밀었다. 반투명한 유리병 안에는 알약이 가득했다. 진태는 그것을 한 손에 쥐었다가, 잠시 창가 쪽으로 시선을 돌렸다.

"실수 없이 처리해."

"네."

"다음 달 즈음엔 신메뉴에 같이 약을 넣어보려 해. 한 번 우리 음식 맛을 본 사람들이 계속 다시 우리 레스토랑을 찾을 수밖에 없을 테니까."

그 순간, 주방 입구에 서 있던 연화와 눈이 마주쳤다. 그녀는 문틈으로 그 광경을 보고 있었다. 손가락 끝이 휘어질 정도로 문손잡이를 쥐고 있었다. 긴장한 기색이 역력했지만, 진태는 그저 미소를 지으며 자리에서 일어났다.

"여기서 뭐 해?"

태연한 듯한 목소리. 그러나 그 속에는 싸늘한 경고가 깃들어 있었다. 연화는 목소리를 내려고 했지만, 입이 쉽게 떨어지지 않았다. 저 테이블 위에 있던 건 분명 약물이었다. 그는 천천히 그녀 쪽으로 다가왔다. 발소리가 타일 바닥에 묵직하게 울렸다.

"당신. 대체 무슨 일을 하는 거예요?"

"보고 싶지 않은 걸 봤나 보네."

연화는 뒷걸음쳤다. 그녀의 품에는 아기가 새근새근 잠이 들어 있었다.

"네가 먹고, 자고, 누리는 모든 것들이 그냥 주어진 거라 생각했어? 왜 이런 순간에만 순진한 척을 하는 거지?"

진태는 그녀의 볼에 손을 얹었다. 연화는 얼어붙은 채 아무 말도 하지 못했다. 연화는 전남편 진태의 불법적인 사업을 안 뒤로 큰 충

비늘의 증명 119

격에 휩싸였다. 어릴 적부터 술과 진통제에 중독되어 있던 아버지를 늘 봐왔기 때문에 더더욱 괴로웠다. 약에 중독된 사람들이 얼마나 큰 고통을 받아야 하는지, 그 가정이 얼마나 온전하지 못한지. 그 파괴에 자신의 남편, 진태가 일조하는 것을 지켜보는 게 어려웠다. 게다가 돈을 더 벌 욕심으로 일반인을 상대로 하는 레스토랑 음식에까지 중독성이 강한 약을 넣겠다는 계획은 도저히 받아들일 수 없는 일이었다. 연화는 힘이 들 때면 늘 케이를 찾았다.

연화에게 제 마음을 솔직히 털어놓으면 케이는 위로하고, 또 연화를 다독였다. 하지만 그녀가 사라지면, 마치 심복처럼 진태에게 자신이 들은 이야기를 그대로 고했다. 사랑을 증명하기 위함이었다. 이제 곧 연화가 당신의 범죄를 고발하고, 떠날 준비를 하고 있다는 것. 진태는 배신감에 몸부림쳤다.

뒤이어 진태가 책상을 쾅 내리치고, 벽에 유리잔을 집어 던지는 장면이 이어졌다. 연화는 두 귀를 막고 두려움에 몸부림을 쳤다. 나는 온몸에 소름이 오소소 돋았다. 연화는 집을 나오고, 몇 년간 빌어 이혼하는 데까지는 성공했으나 그의 손아귀에서 결코 자유롭지 않았다. 서서히 더 그녀의 주위를 옥죄고 있었다.

케이는 진태의 마음을 얻기 위해 그가 시키는 일이라면 뭐든 했지만, 결국 그의 하수인에 불과했다. 연화가 우울증을 앓고 있다는 사실을 이용해, 계속해서 연화에게 약물을 공급하며 그녀를 조종했다. 케이의 마음속에는 연화에 대한 질투와 진태에 대한 복잡한 감정이 얽혀 있었다. 연화가 진태에게 다시는 돌아가지 못하드록, 그녀는 연화의 삶을 자신이 쥐고 있어야 한다고 믿었다.

연화는 어릴 적, 술에 취한 아버지의 폭언과 폭력 아래에서 자랐다. 어린 마음에 새겨진 깊은 우울감은 성인이 되어서도 사라지지 않았고, 그녀는 늘 항우울제를 손에 쥐고 살아야 했다. 끓는 물 속에서 서서히 숨이 끊어지는 개구리처럼, 연화는 자신도 모르게 무력해졌을 것이다. 나는 문득, 케이가 연화의 집 단자함에 넣어두곤 하던 푸른색 알약통의 정체가 무엇인지 알고 싶어졌다. 눈을 질끈 감았다가 떴다. 차가운 빗방울이 이마를 타고 흘렀고, 옆에 서 있는 가로등 불빛이 젖은 눈앞에서 번져 퍼졌다.

그녀가 내 어깨를 감싸 쥐었다. 정신이 들자 나는 재빨리 케이에게 선글라스를 전달했다.

"요새 무리했더니 좀 피곤했나 봐요. 비도 오는데, 어서 들어가세요."

다시 차 안으로 들어갔다. 케이가 사라진 뒤, 우편함에 있는 푸른 알약통 하나를 주머니에 넣어 가져왔다. 다음 날, 의사는 알약을 보더니 눈을 동그랗게 떴다.

"환자분, 이 약 어디서 났어요?"

"왜요?"

"국내에서는 잘 쓰지 않는 항우울제 약이에요. 성분이 너무 독하고 강해서요. 정신병원에 입원할 정도로 위급한 환자를 대상으로 아주

소량만 쓰는 알약인데, 이렇게 많은 양을 어떻게 구했어요?"

"마약성 진통제라 이 말인가요?"

"네. 중독성이 아주 심한 약물이에요."

마음이 쿵 내려앉았다. 케이는 그녀의 영혼을 부수고 싶다는 목적으로 서서히 그녀를 침식해가고 있던 것이다. 케이는 연화가 자신을 좋아한다는 걸 알았을 것이다. 위하는 척, 동거인으로 등록한 뒤 그녀를 살뜰히 살폈던 이유 역시 짐작이 갔다.

그 순간, 나는 문득 깨달았다. 그녀를 둘러싼 사람들은 모두 자신의 목적을 가지고 있었다. 진태는 이혼 초반에는 연화에게 약물을 먹여 자신의 뜻대로 조종하려 했고, 케이는 그 사랑의 질투로 연화의 삶을 통제하려 했다. 약이 필요했던 연화는 이혼 직후 진태를 제대로 신고할 수조차 없었다. 그러나 최근 들어 불법적인 사업이 커지자 진태는 자주 연락을 받지 않았고, 연화에게 제대로 양육비조차 지급하지 않았다. 약이 떨어지자 연화는 크게 불안해했다. 최근 들어 안색이 급속도로 안 좋아진 이유 역시 그 때문이었다.

연화는 어쩔 수 없이 나를 찾아왔고, 전남편에게 무언의 경고를 보내고 싶으리라. 법을 이용해 겁을 주고 싶었을 수도 있었겠다. 다만 진태가 경찰 조사를 받아선 안 되었다. 진태가 감옥이라도 들어가는 마당엔, 연화 역시 약물을 공급받지 못할 것임을 직감했기 때문이다. 나는 한숨을 푹 내쉬었다. 그들은 서로를 이용하고 있었다. 이런 수순으로 미루어보았을 때, 양육비 소송에서 승리하더라도 진짜 그 돈이 아이를 위해 갈 것이라는 확신이 없었다. 나는 천천히 숨을 들이마셨다. 다음 날, 나는 연화에게 문자를 보냈다.

'지금 당장 사무실로 와주세요. 케이 없이. 혼자서.'

연화는 불안해했다. 손톱을 질겅질겅 물어뜯으며 나를 빤히 바라봤다.

"연화 씨, 지금부터 제가 하는 말 잘 들어요."

그녀는 마른침을 삼켰다.

"평소 먹는 푸른색 알약, 병원 주치의로부터 직접 처방받아 오는 거 아니죠?"

내 말에 연화는 손톱을 잘근잘근 씹었다. 불안한 눈빛이 크게 흔들렸다.

"그걸, 어떻게."

"약을 끊지 않는다면 저는 연화 씨를 도울 수 없어요. 그리고, 또."

연화는 애처롭게 나를 바라봤다.

"케이를 멀리하세요."

"케이는 왜?"

"케이는 당신 전남편의 심복이에요. 당신을 약으로 조종하고 있어요. 제대로 된 판단을 하지 못하게 말이죠."

그녀의 눈빛은 한순간에 흔들렸다. 약물은 단순히 그녀의 삶을 지배하는 물질이 아니라, 전남편이 그녀를 지배하기 위한 도구였다. 어쩌면 연화는 그 사실을 어렴풋이 알고 있었을지도 모른다. 그러나 오랫동안 애써 외면해왔던 것일지도. 그녀는 말을 잃었다. 고개를 숙인 채, 손끝을 무심코 만지작거리며, 마치 내가 말한 것이 현실이 아닌 꿈처럼 여기려는 듯한 모습을 보였다.

"그게…… 그럴 리가 없어요. 케이는 그냥 나를 돕고 싶어 했을 뿐이에요. 나와 아이를 위해서……제가 너무 자주 불안해하니까. 제가 직접 그 끔찍한 인간을 보지 않고도 대신 약을 먹을 수 있게 중간 역할을 해준 것뿐이에요."

그녀의 말은 점점 더 불안정해졌다. 내가 말한 대로, 전남편은 그녀를 약물에 의존하게 만들었고, 그 약물이 그녀에게서 모든 선택권을 빼앗아갔다. 연화가 전남편을 신고하지 못하게, 아주 긴밀히 조종하고 있던 것이다. 그렇다면 변호사 사무실에 가는 연화는 왜 막지 않았던 것일까? 그것도 자신이 몰래 흠모하던 정진태를 위험에 빠뜨릴 수 있는 일이었을 텐데. 나는 수수께끼를 풀려는 듯 종이 위로 케이의 이름을 적었다. 연화는 세차게 고개를 흔들었다.

"케이는 제가 힘들 때마다 제 곁에 있어줬던걸요."

나는 연화에게 진지하게 말했다.

"양육비가 아이를 위해 쓰인다는 확신이 없다면, 우리가 이 사건을 진행하는 것 자체가 잘못될 수 있어요. 아이를 위한 것이 아니라, 당신을 위한 것이라면, 그 돈이 또 다른 악순환을 만들게 될 거예요."

그녀는 내 말을 듣고 잠시 침묵했다. 조금씩 자신을 되돌아보려는 것 같았다. 이후 깊게 숨을 들이쉰 뒤 내쉬었다.

"제가 어떻게 해야 할까요?"

그녀는 절망적인 얼굴로 물었다.

"아이를 위해서요. 이 모든 악몽에서 벗어나 살고 싶어요. 몸도 예전 같지 않아요. 날마다 꿈속을 걷고 있는 느낌이에요."

나는 깊은 한숨을 내쉬며 말했다.

"약을 끊고, 아이를 진정으로 돌보겠다고 결심한다면, 함께 싸워볼 만해요. 하지만 약을 끊지 않으면, 법적으로 승리한다고 해도 결국 당신과 아이에게 도움이 되지 않을 거예요."

그녀는 잠시 눈을 감고 고개를 떨구었다. 나는 그 순간 그녀가 어떤 결정을 내릴지 확신할 수 없었다.

"정말 제가 약을 끊을 수 있을까요?"

그녀는 약간 떨리는 목소리로 물었다. 그녀의 눈빛 속에는 혼란과 두려움, 그리고 희망이 뒤섞여 있었다. 매순간 약에 중독되어 있던 그녀가 한순간에 그 약물을 끊는 것이 얼마나 어려운 일인지 알고 있었다. 하지만 그 순간, 그녀는 아이를 위해서, 그리고 자신을 위해서, 그 결정을 내리기로 결심한 듯 보였다. 나는 힘차게 고개를 끄덕였다.

소송을 시작한 뒤, 연화는 약물중독 치료 센터에 다니기 시작했다. 처음에는 힘들어하는 모습이 역력했다. 그늘진 눈빛과 떨리는 손끝, 그리고 약물의 잔재가 남아 있는 듯한 그녀의 모습은 여전히 불안정해 보였다. 하지만, 아이를 생각하며 마음을 다잡고 있다는 말은 진지하고 간절하게 들렸다. 그녀는 한 번도 자신이 마주한 현실에서 도망치려 하지 않았다. 오히려 그 현실을 직시하려는 모습이 점차 눈에 띄었다.

"처음엔 너무 힘들었어요. 머리가 아프고, 손끝이 떨려서 잠도 못 자고……. 하지만, 아이를 생각하니까 참을 수 있어요."

상담에 온 그녀는 거친 숨을 내쉬며 말했다.

"예리는 내 전부예요. 아이를 위해서라도 이제는 정말로 바꿔야 한다고 생각해요."

그녀의 말엔 결단력과 절박함이 묻어 있었다. 약물의 의존에서 벗어나기 위해 얼마나 큰 노력을 하고 있는지, 그만큼 그녀의 고통도 크다는 걸 알 수 있었다. 마치 과거의 자신과 싸우는 듯한 표정이었다. 그 싸움이 얼마나 치열할지, 얼마나 힘들지 예상할 수 있었지만, 그녀는 그 길을 선택한 이상 다시 돌아갈 수 없다는 결심을 한 듯 보였다. 어느 날 약물중독 치료 센터에 다녀온 연화는 차분하지만 어딘가 가라앉은 목소리로 이야기를 시작했다. 오늘 센터에서 만난 동료 언니 중 한 명이 어렵사리 자신의 상처를 털어놓았다고 했다.

"오늘 센터에서 만난 언니가…… 자기 이야기를 털어놓았어요."

나는 조용히 그녀의 말을 기다렸다.

"언니도 나처럼 아이를 키우고 있었는데 형부가 갑자기 사라졌대요. 사업이 망하고, 빚을 잔뜩 남긴 채로."

그녀는 잠시 말을 멈췄다. 손끝이 가늘게 떨리고 있었다.

"그때부터 언니는 혼자서 아이를 키워야 했어요. 낮에는 공장에서 일하고, 밤에는 편의점에서 아르바이트를 했대요. 몇 시간 자지도 못하면서."

그녀는 고개를 숙였다.

"그렇게 버티다가, 어느 날 월세도 못 내고, 전기까지 끊겼대요. 집에는 먹을 것도 없었고, 아이는 계속 배고프다고 보챘고……"

연화는 깊은 숨을 내쉬었다.

"그날, 언니는 아이 손을 잡고 밖으로 나갔대요. 길거리에서 구걸할까도 생각했지만, 차마 그렇게까지는 못 하겠더래요. 평소 조금씩 먹던, 선반에 있던 알약을 뭉텅이로 입에 털어 넣었고, 정신이 몽롱해졌다고 했어요. 그러다 문득, 아이에게 말했대요."

'우리, 여행 갈까?'

그 말을 하는 연화의 눈에는 눈물이 가득 고여 있었다.

"그렇게 언니는 아이 손을 잡고 기차역으로 갔어요. 아이가 좋아하던 바닷가로 가려고 했대요."

나는 이 이야기가 어디로 향하는지 알 것 같았지만, 차마 먼저 묻지는 못했다. 연화는 조금 더 낮은 목소리로 이어갔다.

"새벽녘, 입으로 들어온 짠 바닷물과 웅성거리는 소리 때문에 눈을 떴다고 했어요. 언니는 아이를 꼭 안고 있었어요. 함께 깊이 잠들기를 바라듯 꼭 껴안고 말이죠."

연화의 손이 무릎 위에서 점점 움켜쥐어졌다.

"근데…… 신기하게도, 언니는 살았대요. 바닷물이 차가워서, 저체온증으로 기절했을 뿐이었대요. 구조대원이 제때 발견해서 겨우 살았다고. 그런데 아이는…….."

나는 무겁게 숨을 삼켰다.

"지금 센터에서 나랑 같이 치료받고 있는 그 언니는 아이를 그렇게 먼저 떠나보낸 걸 평생 후회하면서 살고 있어요. 약물 때문이라고는 하지만, 어쩌면 아이를 스스로 책임지기 어려워 저지른, 평생의 실수라고요."

연화는 떨리는 목소리로 덧붙였다.

"언니는 별 조사 없이 풀려났어요. 바닷가를 함께 걷다 우연히 파도에 휩쓸렸고 아이와 함께 정신을 잃었다고 증언했대요. 진실을 자신만 알고 있기에, 언니는 이후로 그날을 평생토록 저주한다고 했어요. 아이를 위해서 그랬다지만…… 실제론 약에 취해 이기적인 선택을 한 거라고."

그녀는 그 말을 반복하며 힘없이 웃었다.

"결국 엄마인 자기가 아이를 가장 아프게 만든 거죠."

나는 조용히 그녀를 바라보았다. 연화는 마치 자신에게 하는 말처럼 나지막이 중얼거렸다.

"나도…… 똑같았던 거 아닐까요?"

나는 단호하게 고개를 저었다.

"아니에요. 당신은 여전히 싸우고 있잖아요."

그녀는 멍하니 나를 바라보다가, 이내 눈을 감고 깊이 숨을 들이마셨다. 그리고 아주 작게, 하지만 확실한 목소리로 말했다.

"절대 다시 돌아가지 않을 거예요."

나는 그 결심이 정말로 진심에서 우러나오는 것임을 느낄 수 있었다. 그녀가 그렇게 말할 수 있는 순간이 올 줄은 상상도 하지 못했다. 하지만 이제 그녀는 그 길을 가겠다고, 내 앞에서 당당히 선언했다. 그녀는 케이와 함께 살던 집을 정리하고, 아이와 살아갈 작은 원룸을 얻었다. 어쩐지 이상했다. 늘 연화 곁을 맴돌던 케이 역시, 어느 순간 보이지 않았다. 마치 그녀의 마음을 알고, 알아서 사라져 준 것만 같았다.

이후, 약물을 끊어낸 연화를 위해 나는 차례로 서류를 준비했다. 전남편 정진태를 약물 혐의와 돈세탁 혐의 등으로 고소하고, 그동안 미뤄왔던 양육비를 받아내기 위해 재산 압류 소송을 진행했다. 수사 과정에서 나온 그의 검은 돈과 불법적인 거래 내역. 계속해서 끊임없이 이어졌다. 남동생 도영은 꽤나 큰 사건이라며 형사과에 협조를 요청했다. 수사는 대대적인 국면에 들어섰다. 평생 연화를 괴롭혔던 그가 결국 책임을 져야 할 시간이 다가온 것이다. 계절이 바뀌고, 진태는 감옥에 들어갔다. 도영은 그동안 골칫덩이었던 사건 해결에 주요한 공을 세운 몫으로 표창장을 받았다. 연화 역시 양육비를 받게 되었다. 하지만 케이에 대한 소식은 들을 수 없었다. 연화도 케이에 관해 이야기하는 걸 원치 않았기에 나는 일부러 말을 꺼내지 않았다.

탁. 탁. 펜대를 굴리며, 나는 푸른 알약과 케이를 떠올렸다. 풀리지 않는 의문이 있었다. 되짚어보니 약통을 발견하게 된 경위가 너무도 허술했다. 마치 일부러 보란 듯이. 게다가 그 봉투에서 약통 한 개가 사라진 것을 발견했을 때 발 빠르게 선수를 쳤을 수도 있을 텐데. 심지어 연화가 놓고 갔다고 건네준 자료는 나중에 떠올려보니 길거리에서 나누어준 필라테스 회원 모집 전단지였다. 그걸 보고도 가만히 있었던 케이의 속셈이 과연 무엇이었을까. 진태가 그동안 아무런 반격을 하지 않은 것도 이상했다. 연화가 초반에 변호사 사무소를 찾았던 시기, 고개를 들어 사무소를 올려다보던 케이의 처연한 눈빛. 그 당시에는 소름이 돋는다고만 생각했는데 이제 와 생각하니 단순한 감정은 아니었던 것 같다. 연화가 사무소를 떠나고 며칠이 지난 어느 날, 내게 한 통의 편지가 도착했다. 발신인은 케이였다. 나는 조심스레 봉투를 뜯고, 한 글자씩 천천히 읽어나갔다.

강도희 변호사님께

어떤 말부터 해야 할지 모르겠습니다. 사과부터 해야 할까요, 아니면 변명부터 해야 할까요. 하지만 이제야 깨달았습니다. 제가 무슨 말을 하든, 연화에게 준 상처는 지워지지 않는다는 것을요.

저는 사람의 마음을 쉽게 믿지 않는 사람이었습니다. 아니, 어쩌면 믿지 않으려 했던 것일지도 모릅니다. 믿어버리면 기대하게 되고, 기대하면 언젠가 실망할 테니까요. 그래서 저는 언제나 거리 두는 법을 배웠습니다. 적당한 관계 속에서, 적당한 온기를 나누며, 절대 더 가까워지지 않도록 선을 긋는 법을요. 저는 진심을 내보이지 않으면서, 상대에게만 사랑을 갈구하는 비겁한 사람이었습니다.

하지만 연화는 달랐습니다. 그 친구는 저를 믿었습니다. 저는 우리가 어릴 적, 학대를 받았다는 공통점을 이용해 연화의 마음을 사로잡았고 저를 의지하도록 만들었습니다. 연화는 있는 그대로의 저를 봐줄뿐더러 아끼고 사랑해주었습니다. 저는 그 사랑을 당연하게 여겼고, 그 믿음을 이용했습니다. 정진태를 소유하고 싶다는 욕심으로요. 연화에게 너무 미안합니다.

제가 연화를 얼마나 망가뜨렸는지, 변호사님께서 더 잘 아시겠지요. 저는 정진태와 합심해 연화를 가장 나약하게 만든 사람이었습니다. 그런데요, 변호사님. 제가 왜 양육비 소송을 진행하는 연화를 말리지 않았는지, 그 사실을 정진태에게 알리지 않았는지, 변호사님이 제 뒷조사를 하고 있다는 걸 알고도 가만히 있었는지 궁금해하실 것 같아서요.

어느 날, 연화의 아이, 예리가 밝은 얼굴로 저를 보며, 아무런 망설임 없이 안기더군요. 그러고는 작은 손으로 제 옷자락을 붙잡고 이렇게 말했습니다.

"밥. 밥."

연화는 제 아이가 배고프다 칭얼거리는 그 순간에도 약에 취해 있었습니다. 고작 십팔 개월밖에 안 된 어린아이를 외면하고요. 그 모습이 저를 완전히 무너뜨렸습니다. 그 아이는 저만 믿고 있었습니다. 아무것도 모른 채, 그저 따뜻한 어른이라고 생각하고 있었습니다. 하지만 오히려 저는 연화를, 그리고 그 아이를 가장 고통스럽게 만든 사람이었습니다.

그제야 깨달았습니다. 지금이라도 바뀌어야 한다는 걸요. 그래서 떠나야 합니다. 연화가 다시 시작할 수 있도록, 그 아이가 건강하게 자랄 수 있도록, 저는 죗값을 받으려 자수합니다.

그리고 정진태. 그도 반드시 죗값을 치러야 합니다. 변호사님께서 힘을 보태주실 거라고 믿습니다. 마지막으로, 변호사님. 그날 저를 바라보시던 순간을 잊을 수 없습니다. 마치 모든 것을 꿰뚫어보는 듯한 그 눈빛이 저를 벌거벗긴 것처럼 느껴졌습니다. 아무리 숨기고, 가면을 써도 소용없었습니다. 그 눈빛이 너무도 두려웠고, 그래서 저는 도망쳤습니다. 하지만 이번에는, 도망이 아니라 죗값을 치르기 위해서입니다.

그게 연화를 위해, 예리를 위해, 그리고 모두를 위해 가장 나은 선택일 테니까요. 부디, 연화가 잘 살아갈 수 있도록 도와주세요.

그리고…… 진심으로 죄송합니다.

케이 드림

한참 동안 편지를 손에서 놓을 수 없었다. 그간 케이를 향해 품었던 의심과 분노는 편지 속 문장들 앞에서 잠시 멈춰 섰다. 그녀가 진심으로 반성하고 있다는 생각이 마음 한편에 작은 불씨처럼 번졌다. 인간이란 변할 수 있는 존재 아닐까? 연화와 예리를 위해, 그리고 스스로를 위해 케이가 변화하려는 길을 택했다면, 그녀에게 한 번쯤 믿음을 보내줄 수도 있지 않을까. 톡. 톡. 창밖을 두드리는 빗소리에 밖을 바라보았다. 빗물이 창을 타고 흐르는 모습이 마치 우리의 삶과 같았다. 때로는 더럽혀지고, 때로는 끊임없이 떨어져 내리는 듯 보이지만, 그러나 우리는 흘러가며 길을 만들어간다. 가끔은 빗물에 묻혀 그 변화가 느리고, 보이지 않을 만큼 미묘하게 달라졌더라도, 결국엔 나아갈 수 있다는 희망이 그 속에 담겨 있는 것은 아닐까.

며칠 후, 나는 도영에게 전화를 걸어 케이의 신변을 물었다. 도영의 답은 충격적이었다.

"케이? 자수한 적 없어. 몇 주 전 해외로 튀었더라 동남아시아에서 행방이 묘연해졌어. 인터폴에 수배 요청했는데, 꽤 치밀하게 움직이는 것 같아."

충격이었다. 그녀의 편지는 철저하게 계산된 가짜였다. 그녀는 내가 직접 경찰과 연결해 사실 여부를 확인하지 않을 거라 여겼을 것이다. 아니, 그럴 여유도 용기도 없을 거라 믿었겠지. 케기는 연화와 정진태를 함께 끌어들인 수렁에서, 홀로 빠져나가려 했었다. 편지 속 후회와 반성은 가면에 지나지 않았다. 나는 다시 편지를 꺼내 읽으며 그녀의 글에서 허점을 찾기 시작했다. 문장 사이에 가려진 위선과 연화에게 남긴 상처의 깊이를 떠올리며 한숨을 내쉬었다. 그녀는 그물의 심연에서 스스로 빠져나와 홀로 어두운 그림자를 남긴 채 사라졌다.

마치 연화와 예리가 견뎌야 했던 지난날의 눈물처럼 느껴졌다. 인간을 인간답게 만드는 것은 무엇일까. 그리고 그것이 얼마나 허무하게 무너질 수 있는지도. 케이는 욕망으로 점철된 가면을 쓴 채, 남긴 상처의 깊이를 돌아보지 않았다. 인면어, 인간의 탈을 쓴 채 그 모든 것을 감추고 끝내 떠나간 그녀가 남긴 흔적은 깊고도 어두웠다.

나는 다시 펜을 집어 들며 속삭이듯 기도했다. 연화와 예리가 이 거대한 상처 속에서도, 비록 아물지 않는 비늘일지라도 조금 더 나은 세상을 향해 헤엄쳐가기를 인간의 변화는 더디고, 고통스럽고, 때로는 불가능해 보이지만, 그럼에도 불구하고 희망을 품는 것이야말로 인간다움의 증거일지도 모른다. 그녀가 다시는 연화와 예리의 인생에 나타나지 않기를 바라고, 또 바랐다. 창밖의 빗소리가 잦아들 무렵, 나는 비로소 마음을 다잡았다.

6
물물교환

물물교환

사건을 의뢰한 의뢰인은 사십 대 중반의 남성, 유진이었다. 그는 늦은 오후 내 사무실로 찾아왔다. 그의 얼굴에는 깊은 그늘이 드리워져 있었고, 초췌한 옷차림과 창백한 피부는 그가 겪고 있는 고통을 그대로 드러내고 있었다. 유진은 자리에 앉아 나를 바라보았다. 잠시 침묵이 흘렀다. 이란성 쌍둥이들은 열네 살이라고 했다.

"변호사님, 저는 양육비를 받고 싶습니다. 하지만…… 쌍둥이들을, 제 아이들을 전 부인에게 보여주고 싶지 않아요."

그의 말에 나는 당황했다. 대체로 양육비는 부모의 의무이며, 부모가 자녀를 양육하는 데 필요한 경제적 지원이다. 응당 양육비를 지급했을 때 아이를 볼 권리가 있었다. 나는 그에게 좀 더 구체적인 사연을 듣고 싶었다.

"전 부인이 양육비를 안 주겠다는 것도 아니고, 주겠다는 거죠? 그런데 아이들을 보여주고 싶지 않다고 하셨나요? 이유가 있을 텐데요."

유진은 깊은 한숨을 내쉬며, 마치 말을 꺼내는 것이 고통스러운 듯 입을 열었다.

"결혼 생활은 약 십 년 정도 유지됐고, 삼 년 전 이혼했습니다. 제 전 부인, 민정은 피부과 의사였고 경제적으로 넉넉한 사람이었죠. 결혼 후에는 그녀의 권유로 제가 집안 살림을 도맡게 됐습니다. 아이들, 쌍둥이도 제가 주로 돌봤고요."

그는 말을 이으며 시선을 잠시 허공에 두었다가, 다시 내게로 돌렸다.

"그런데…… 민정은 연애 때부터 강박성 성격장애가 있었습니다. 출산 이후에는 그 증상이 점점 심해졌고요."

나는 그의 말을 기록하기 시작했다.

"매일 밤, 늦은 시간 퇴근하고 돌아온 민정은 자는 아이들을 깨웠어요. 그 후, 학교 성적을 확인하고 폭언과 신체적 압박을 가했습니다. 시험 문제를 하나라도 틀리는 경우엔 초등학교 2학년이었던 아이들이 잠도 못 자고 문제집 한 권 분량을 다 풀어내야 했어요. 이게 정상적인 가정생활인지, 아이들이 불쌍해 그저 두고 볼 수가 없었어요."

유진은 손끝을 떨며 테이블 위에 놓인 커피잔을 집어 들었다. 그가 한 말을 되새기는 것처럼, 잠시 입을 다물고 있었다. 그 눈빛에는 오랜 시간이 흐른 후에도 사라지지 않은 고통이 담겨 있었다. 그는 계속 고백을 이어나갔다.

"결혼 생활 내내 민정은 아이들에게 무시무시한 압박을 줬어요. 공부 못하는 건 못 견디겠다는 듯, 작은 실수에도 화를 내고, 아이들이 숙제를 못 하면 심하게 매질했어요. 하. 초등학교 삼 학년 때도 우리 아이들은 기저귀를 차고 등교했어요."

유진은 괴롭다는 듯 머리를 쥐어뜯었다. 민정이 아이들을 학대할 때마다 말없이 아이들을 방으로 데려가며 상황을 모면하려 했지만, 민정은 아랑곳하지 않았다. 아이들이 숙제를 제대로 하지 않으면, 민정은 목소리를 높여서 고통스럽게 꾸짖었고, 그 후엔 손끝이 부르튼 채로 아이들의 팔을 잡아끌며 매질을 하기도 했다. 그 과정에서 아이들은 자꾸 숨을 참으며, 그저 조용히 고통을 감내할 수밖에 없었다. 민정은 아이들에게도 자신처럼 의사가 되어야 한다고 집요하게 강요했고, 그 강박적인 교육관은 자신에게도 큰 고통이었다고 했다.

"그때 쌍둥이 중 큰애는 불안장애 판단을 받았고, 둘째는 ADHD 판정을 받았습니다. 어릴 적부터 너무나 스트레스가 가중된 탓에 대소변을 잘 가리지 못했어요. 어느 날, 아이들의 몸에는 스스로를 해한 흔적이 있더군요."

유진은 말을 채 잇지 못하고 흐느꼈다. 나는 그가 다시 말을 시작할 때까지 잠자코 기다려주었다.

"결국 전 이혼을 선택할 수밖에 없었어요. 불쌍한 애들이 뭔 죄라고."

나는 전 부인, 민정이 아이들에게 가했던 고통을 전해 듣는 것조차 너무 가슴 아팠다. 최근 들어 일부 지역에서는 '7세 의사 고시'라는 말이 유행처럼 퍼지고 있었다. 아이가 일곱 살이 되기도 전에, 의대를 목표로 한 교육 로드맵을 시작해야 한다며, 지나치게 조기 교육을 강요하는 부모들이 늘어나고 있었다.

특정 학원에 입학하기 위해 미리 준비하는 '예비 학원'까지 등장할 정도로, 특히 사무실이 위치한 강남 일대의 교육열은 치열했다. 밤마다 아이들을 데리러 온 학부모 차량으로 거리는 정체를 빚었고, 그 속에 갇힌 아이들의 얼굴에는 피로와 체념이 짙게 내려앉아 있었다. 그 풍경 속에서, 유진의 아이들도 고스란히 그 피해자가 되었던 것일까. 민정의 학대와 그로 인한 아이들에 대한 압박은 단순히 정신적인 고통을 넘어 신체적, 정서적으로도 깊은 상처를 남겼을 것이다.

"애들을 홀로 키우기 시작하며 경제적인 어려움이 있었어요. 십여 년 동안 내내 육아와 살림을 담당했던, 저는 경력이 단절된 지 오래라 사회에 나가기는 쉽지 않았죠. 지금은 겨우 입에 풀칠할 정도로 벌고 있지만, 쉽지 않습니다."

"이제 앞으로 더더욱 교육비나, 생활비가 더 많이 들 텐데요."

나는 걱정스러운 표정으로 유진에게 물었다.

"네. 맞습니다. 그런데 최근 민정이 제게 연락했어요. 돈을 줄 테니, 이제 막 중학교에 올라가는 아이들을 한 달에 이 주 이상 집에 보내라고 하더군요. 양육비는 원하는 대로 주겠다고 했어요."

그는 이야기를 계속하기 전에 잠시 숨을 고르더니, 떨리는 눈으로 내 눈을 마주했다.

"아이들이 무슨 물건도 아닌데, 돈을 주니까 보여주라고 하는 게 말이 되나요? 이혼하기 전부터 아이들을 마치 제 소유물로 생각하던 전 부인의 강압적인 모습. 저는 그때를 생각하면 아직도 끔찍합니다. 스멀스멀 악몽이 되살아나는 듯해요."

그는 괴로워하며 눈물을 흘렸다.

"이제 겨우 정서적으로 괜찮아진 아이들이 다시 제 엄마를 만나면 얼마나 불안해질지 모릅니다. 최근에 기저귀를 겨우 뗐어요."

그 말에 나는 한동안 아무 말도 할 수 없었다. 그 순간, 민정의 태도가 얼마나 기괴하고 비상식적인지를 실감할 수 있었다. 양육비는 아이들의 건강한 성장과 행복을 위해 필요한 돈이지, 아이들을 거래할 수 있는 물품이 아니었다. 그럼에도 불구하고 민정은 그런 비상식적인 거래를 당연하게 생각하고 있다. 유진이 나를 찾아온 이유가 이해되었다.

유진은 이내 얼굴을 감싸 쥐었다. 그런 그의 모습에서 그가 얼마나 고통스럽고 괴로운지를 깊이 이해할 수 있었다. 그에게는 아이들에 대한 사랑과 책임감이 있었고, 아이들의 안전과 정서적 안정이 그 무엇보다도 중요했다. 나는 차마 그의 눈을 마주칠 수 없었다. 아이들은 어떻게 그런 가학적인 상황을 견뎌왔을까? 그가 얘기한 내용이 모두 사실이라면, 민정의 행동은 단순한 가정 내 폭력에 그치지 않았다. 그것은 아이들의 정서적 안전을 위협하고, 유진 자신에게도 극도의 정신적 고통을 안겨준 사건들이었다.

유진은 목소리가 떨리는 것을 억누르며 계속했다.

"아이들이 다시 그런 고통을 겪지 않도록, 저는 그들이 더 이상 불안정한 상황에 처해지지 않길 바랍니다. 제 엄마와의 만남이 그들에게 더는 상처가 되지 않도록, 법적으로 아이들과의 만남을 제지할 권리를 제가 주장할 수 있을까요?"

나는 그의 말에 깊이 생각했다. 유진이 말한 대로, 아이들은 이미 너무 많은 정신적 고통을 겪었고, 그 고통은 그들의 삶에 깊은 상처를 남겼을 것이다. 민정의 강박성 성격장애가 아이들에게 미친 영향은 너무나도 명백했다. 그리고 이제 유진은 아이들이 그 모든 고통을 되풀이하지 않도록, 자신이 그들을 보호할 수 있는 방법을 찾고 있었다.

"네. 물론이죠. 유진 씨."

나는 천천히 말했다.

"법적으로, 아이들의 복리와 안전은 최우선으로 고려되어야 합니다. 쌍둥이들의 안정적인 환경을 지키기 위해서는 면접 교섭을 거부할 권리가 있습니다."

유진은 나의 말을 듣고 고개를 끄덕였다. 그의 얼굴에는 안도의 미소가 스쳤지만, 그 미소 뒤에는 여전히 깊은 고통이 엿보였다. 아이들을 친엄마에게 보여줄 수 없다는 결정을 내리는 것이 얼마나 어려운 일이었을지, 그가 처한 상황을 이해하며 나는 그를 지지하고 있었다.

"아이들을 보호할 수 있는 권리는 부모에게 있습니다. 민정이 아이들에게 가했던 정신적, 신체적 고통을 고려할 때, 법원은 전처의 요구를 받아들이지 않을 것입니다."

나는 그의 눈을 진지하게 바라보며 말했다. 유진은 장경한 내 태도에 조금은 마음이 안심된다는 듯 고개를 끄덕였다. 이내, 급격히 표정이 어두워졌다.

"그런데, 마음에 걸리는 게 하나 있어요."

"뭐죠?"

"둘째 애가 자꾸 제 엄마를 만나고 싶어 해요. 아마 제 엄마에게 가스라이팅을 당한 듯합니다."

유진의 말이 끝난 후, 나는 잠시 깊은 생각에 잠겼다. 둘째가 왜 그런 고통 속에서도 다시 엄마를 만나고 싶어 하는지, 그 마음속에 무엇이 숨겨져 있는지 이해하고 싶었다. 그리고 그 순간, 번뜩이는 생각이 떠올랐다.

"혹시, 제가 아이들을 만나볼 수 있을까요?"

나는 조심스럽게 물었다. 유진은 갑작스러운 내 질문에 당황한 표정을 지었다.

"왜, 굳이?"

"유진 씨 이야기를 들었을 때, 아마 면접 교섭을 거부할 시 전 부인께서 양육권 조정 신청을 할 수도 있을 것 같습니다. 아이들이 만 13

세 이상이기 때문에, 양육권 조정이나 관련 소송에서 충분히 자신의 의견을 표현할 수 있으니까요. 법원에서도 충분히 그 절차를 고려할 수 있습니다."

내 말에 유진은 잠시 후 미간을 살짝 찌푸리며 고개를 끄덕였다.

"네. 뭐, 어려운 일이 아니니까요."

나는 유진의 고통을 덜어주기 위해, 그리고 아이들이 그토록 원하는 엄마와의 만남이 과연 진심인지 확인하기 위해, 아이들을 직접 만나야 한다는 결정을 내렸다. 유진은 다음 주 상담에 아이들을 데려오겠다고 했다. 아이들의 눈을 통해 아마 과거를 엿볼 수 있을지도 모른다.

그로부터 일주일 뒤, 비가 올 듯 흐린 날씨다. 잔뜩 찌푸린 하늘 아래, 유진이 쌍둥이들을 데리고 사무소에 도착했다. 문이 열리자 먼저 들어온 건 둘째였다. 그는 낡고 헐렁한 옷을 입고, 작은 손으로 유진의 셔츠 자락을 꼭 쥔 채 주변을 두리번거렸다. 사랑받는 아이들이라고 하기엔, 옷차림이 형편없었다. 살림살이가 넉넉하지 않을뿐더러, 아이들 옷을 챙기기엔 아버지가 어려울 수 있겠다고 생각했다. 사이즈가 맞지 않는 신발은 계속 질질 끌렸다. 작은 발걸음마다 머뭇거림이 느껴졌고, 아이들의 눈동자는 마치 위태롭게 흔들리는 나침반 같았다.

"변호사님께 인사드려야지."

유진이 부드럽게 말을 건넸지만, 첫째는 멈칫하며 고개만 살짝 끄덕였다. 그의 목소리는 들리지 않았다. 먼저, 큰아이가 눈에 들어왔다. 그의 눈은 마치 세상과 단절된 듯한 깊은 고요함을 품고 있었다. 눈동자는 흐릿하고, 아무리 봐도 감정을 읽을 수 없을 만큼 무표정했다. 그는 나를 쳐다보지 않고, 작은 손으로 책을 들고 있었다. 책 속의 내용에 몰두한 척했지만, 그 시선은 책의 표지를 넘어서지 못했다. 피터 팬. 어쩌면 고통과 불행이 없는, 원더랜드를 향해 아이는 떠나고 싶은 게 아닐까.

옷 사이로 문득 보이는 울긋불긋한 멍을 보고 흠칫 놀랐다. 지난번 상담 때 유진이 말했던 자해의 흔적일 수도 있겠다 싶었다. 그의 피부는 창백했다. 아마도 그가 겪어왔던 고통이 그의 몸에 그대로 나타난 듯 보였다. 한창 자라나야 할 아이의 두피 역시 벌겋고 듬성듬성했다. 일종의 신체화 과정인 듯했다. 주변의 소음이나 상황에 대해 아무런 반응도 보이지 않았고, 마치 모든 것에 초연하듯, 무감각했다.

반면 둘째 아이는 달랐다. 그의 표정은 더 생동감이 있었지만, 그 속엔 불안과 혼란이 교차했다. 사무실 내부 곳곳을 살피며 불안한 모습을 보였다. 몸을 움츠린 채, 작은 손을 계속 만지작거리며 발걸음을 옮겼다. 그 모습은 마치 자신이 할 수 있는 가장 작은 안전한 공간을 찾고 있는 듯했다. 때때로 손끝이 떨려 옷에 손을 얹고 있기도 했다. 그 눈빛 속에는 그간의 압박과 불안, 그리고 끊임없이 갈망하는 무언가가 섞여 있었다. 내가 방 안으로 들어오자 그는 나를 뚫어질 듯 바라보았다. 다행히 헐렁거리는 옷 사이로 상처는 발견되지 않았다.

제 엄마와 격리된 뒤 정서적으로 안정되었다는 유진의 말과는 달리, 둘은 또래 아이들에 비해 놀랍도록 말이 없었다. 이란성 쌍둥이여서인지 생김새도 달랐다. 아빠인 유진과 생김새가 비슷한 둘째와는 달리, 첫째는 남자애인데도 마치 여자처럼 긴 속눈썹과 오똑한 콧매, 도톰한 입술이 오밀조밀해 보였다. 나는 쌍둥이 둘에게 음료를 건넸다. 둘째 아이는 조심스럽게 비타민 음료를 받은 뒤, 나를 바라보며 마셨다.

"첫째는 영진, 둘째는 영수예요."

유진이 대신 소개했다. 나는 영수의 눈을 조심스럽게 바라보았다. 그의 눈동자는 커다란 갈색 소용돌이처럼 나를 끌어당겼지만, 이내 고요히 멈추었다. 익숙했던 눈부처의 형상은 보이지 않았다. 그저 불안과 혼란이 뒤섞인 깊은 어둠 속에서 나를 밀어내는 듯한 느낌이었다. 나는 다시금 집중했지만, 아이의 눈동자 속에서 과거로 향하는 문은 열리지 않았다. 이상했다. 약발이 떨어지기라도 한 걸까? 둘째는 이상하다는 눈빛으로 나를 노려보았다.

"미, 미안. 영수야, 굉장히 똑똑하게 생겼구나. 너"

결국 아무런 소득을 얻지 못한 채, 간단한 질문을 거치고 그들을 집으로 돌려보냈다. 쌍둥이들은 유진이 시키는 대로 순순히 차에 올라탔고, 초연한 눈빛으로 차창 밖에 시선을 고정했다.

"그럼, 다음 상담 때 또 뵙죠."

유진은 가볍게 고개를 숙였다. 늦은 저녁, 흐릿한 주황빛 조명이 부엌을 비추고 있었다. 통. 통. 나무 도마 위에서 조용히 사과를 깎았다. 칼날이 사과 껍질 위를 따라 부드럽게 미끄러지는 동안, 오늘 하루가 머릿속에서 계속 맴돌았다. 쌍둥이들의 얼굴, 유진의 꺼림칙한 눈빛, 그리고 아무것도 볼 수 없었던 그 순간까지. 명우는 테이블에 앉아 법률 조서를 읽다가, 내 표정을 보고는 슬쩍 내려놓았다.

"오늘 뭐 신경 쓰이는 일 있었어요?"

그의 목소리는 낮고 차분했다. 나는 잠시 망설이다 사과를 도마 위에 내려놓았다.

"유진 씨 사건 말이야. 양육비 문제로 아이들과 대화를 나눠봤는데…… 뭔가가 잘못된 것 같아. 쌍둥이들의 반응이 이상했어. 아이들이 엄마와 떨어진 뒤 안정됐다고 말은 했지만, 정작 눈빛은 너무 불안해 보였어."

그전에 언질을 줬던 터라 명우는 간략하게나마 유진의 사건에 대해 알고 있었다. 내 말을 듣고 명우는 고개를 살짝 끄덕였다.

"아버지가 노력하고 있는 건 알겠지만, 그게 충분하지 않을 수도 있겠죠. 아이들이 왜 그런 반응을 보였는지, 뭔가 다른 이유가 있는 건 아닐까요?"

그의 말에 나는 잠시 멈칫했다. 칼끝이 사과를 깊게 파고들었다.

"아이들을 통해 과거를 보려, 아니 물으려 했는데. 워낙 말이 없는 아이들이라 알아낸 것이 없어. 그런데 아이들은 계속 엄마를 만나고 싶다고 했다고 하더라고. 그래서 더 혼란스러워."

다행히 명우가 눈치를 채지 못한 듯했다. 명우는 팔짱을 끼고 생각에 잠겼다. 나는 손가락으로 테이블 위를 타닥타닥, 쳤다.

"유진 씨 말을 들어보면, 전 부인 민정 씨는 아이들에게 너무 많은 고통을 준 사람이야. 다시 만나는 게 아이들에게 위험하지 않을까?"

"그렇다면…… 양쪽 이야기를 다 들어보는 것도 좋지 않을까요? 유진 씨의 이야기만으로는 모든 걸 판단하기 어려울 수도 있어요. 전 부인 민정 씨와 직접 대화를 나눠봐야 할지도 몰라요. 그 사람 입장에서도 이유가 있을 테니까요."

그래. 사건을 수임한 변호사가 상대의 입장을 듣는 것도 합리적인 행동이니까. 나는 그렇게 생각하며 사과를 한 입 베어 물었다. 유진 씨를 대변할 필요도 있지만, 특히 아이들과 연관된 사건은 객관적이고 전략적으로 이해하는 것이 중요했다.

다음 날, 나는 강남에 위치한 피부과를 찾았다. 전 부인, 민정 씨의 병원이었다. 내부는 깔끔하고 고급스러웠다. 대리석으로 된 로비와 따뜻한 조명이 비치는 대기실에서, 나는 잠시 앉아 기다렸다. 이왕 온 거 리프팅이라도 받을까. 요 며칠 푸석푸석했던 얼굴이 마음에 걸려 잠깐 생각이 스쳤지만, 빠르게 고개를 저었다. 본분을 잊지 말아야 했다. 괜히 환자로 접수를 하는 것보다 솔직히 밝히는 편이 더 나을 것 같았다. 접수대 직원에게 내 신분을 밝히고, 원장님을 보러 왔다고 전했다. 직원은 처음엔 다소 경계했지만 민정 씨에게 직접 이야기를 전했고, 몇 분 뒤 나는 그녀의 진료실로 안내받았다.

문이 열리자 민정은 깔끔하게 정돈된 진료복을 입고 의자에 앉아 있었다. 날카로운 눈매와 단정하게 묶은 머리는 그녀의 전문성을 그대로 보여주는 듯했다. 하지만 그 눈빛에는 피로와 경계가 동시에 서려 있었다.

"변호사시라고요?"

그녀는 나를 위아래로 훑어보며 말했다.

"전남편 쪽에서 오셨죠? 제가 아이들을 다시 보려 하는 걸 막으려는 의도겠죠?"

"아닙니다."

나는 차분히 고개를 저었다.

"이 사건을 좀 더 객관적으로 이해하고 싶어서요. 무엇보다 쌍둥이들이 더 나은 환경에서 자랄 수 있도록 도우려는 것이 제 목적입니다. 그러기 위해선 민정 씨의 입장도 들어보고 싶어요."

아이들 이야기가 나오니 그녀의 눈에 곧 눈물이 고였다. 그녀는 짧게 한숨을 내쉬며 책상 위에 팔을 얹었다.

"저를 모르는 사람이라면, 그가 지어낸 이야기에 저를 욕할지도 몰라요. 하지만 아이들과 관련된 일이니까, 저는 숨길 생각이 추호도 없어요."

민정의 책상 위에는 쌍둥이 영진과 영수의 사진이 올려져 있었다. 민정은 한참 사진을 바라보다 눈물을 훔쳤다. 당혹스러움도 잠시, 민정이 내 눈동자를 응시하던 그 순간, 그녀의 눈동자가 빛을 반사하며 나를 끌어당겼다. 눈부셨다. 손끝부터 차가운 감각이 퍼졌고, 익숙한 물보라 같은 느낌이 눈앞을 스쳤다, 나는 그녀의 눈동자에 담긴 과거 속으로 빨려 들어갔다.

어느 날 저녁, 집 안은 고요했지만 불안한 긴장이 감돌았다. 유진은 식탁 위에서 술잔을 기울이고 있었다. 이미 몇 잔째였는지 모를 정도로 취해 보였다. 삐리릭. 현관문이 열렸다. 일을 막 마친 뒤 집에 들어온 민정이었다. 민정은 유진을 보며 무언가를 말하려다 멈췄다. 식탁 위에 놓인 책은 초등학교 2학년 수학 문제집이었다.

"숙제 다 끝났어?"

거나하게 술에 취한 유진이 갑자기 큰 목소리로 물었다. 그의 목소리에는 이미 짜증이 섞여 있었다.

"아직이요……."

영진이 작은 목소리로 대답했다.

"아직? 대체 뭘 하는 거야? 이렇게 게으르니까 네 엄마가 나한테 뭐라 하는 거 아니야?"

그는 술잔을 내려놓고 아이들 쪽으로 다가갔다. 그의 얼굴은 화로 울긋불긋 물들어 있었다.

"너 숙제 끝낼 때까지 밥도 먹지 마. 아니, 아예 끝낼 때까지 자지도 말고, 알겠어?"

민정은 급히 다가가 그의 팔을 붙잡았다.

"그만해. 애들이 무슨 잘못을 했다고 이러는 거야?"

"잘못? 나도 다 알고 있어. 애들이 조금이라도 진도를 못 따라가거나, 문제를 틀려오면 멍청한 게 꼭 제 아빠 닮았다고 무시하잖아."

"내가 언제 그랬다고 그래."

"야. 네가 돈 좀 많이 벌고 하니까, 눈에 보이는 게 없지? 잘 나가던 회사도, 너 개원할 때 살림이며 애들 교육에 힘써줬으면 하며 네가 바랐잖아. 그래서 내가 그만둔 거잖아."

"당신 희생 나도 알아. 진심으로 고맙고. 근데 애들한테 왜 그래."

"이렇게 가정에서라도 군기를 잡아야 너도 애들도 날 깔보지 않지."

민정은 침묵했다. 그는 자신이 가진 분노를 아이들에게 풀고 있었다. 결혼 초기, 힘겹게 쌍둥이를 낳은 뒤, 민정은 남의 손에 아이들을 맡기기 어렵다고 생각했다. 돌봄 이모님의 학대 뉴스가 나날이 보도되던 때였다. 금이야 옥이야 애써 낳아 기른 쌍둥이 둘이 혹시라도 다칠까, 믿고 맡길 곳이 필요했다. 당시 꾸역꾸역 회사에 다니던 남편에게 살며시 집에서 육아와 살림을 맡아보는 것은 어떤지 제안했고, 유진은 옳다구나 하며 바로 직장을 그만두었다. 그게 민정이 한 유일한, 큰 잘못이었다. 하지만 유진은 살림은커녕 민정이 주는 생활비로 비싼 술과 유흥에 투자했다. 아이들의 옷과 음식조차 제대로 챙기지 않았다.

"대체 왜 그래. 오늘 애들 학원 픽업도 안 갔다며?"

"너, 내가 집에 있으면서 네 돈 축내니까 꼴보기 싫은 거지? 그렇지?"

민정은 괴로운 듯 머리를 감싸 쥐었다. 유진에게선 술 냄새가 풀풀 풍겼다. 코끝이 빨개져 인사불성이 된 유진을 노려보았다. 연애 때부터 유진은 경제적으로 민정이 우위에 있다는 것을 참을 수 없었고, 또 한없이 작아지는 것 같았다. 발밑이 축축했다.

"어, 엄마."

작은 방에서 영수는 울상인 채였다. 부모의 싸움을 지켜보던 영수가 오줌을 지린 것이었다.

"거봐. 저렇게 지 소변도 못 가리는 덜떨어진 애가 다 나 닮은 거라고, 너 속으로 그렇게 생각하고 있잖아."

민정은 영수에게로 뛰어가 귀를 막았다. 민정은 첫째 영진에게 새겨진 학대의 흔적을 보고, 벼르고 있던 참이었다. 영진의 외적인 모습은 꼭 민정과 같았다. 저를 꼭 빼닮은 영수에겐 손을 대지 않고, 외양부터 성격까지 아내를 꼭 빼닮은 영진만 잡도리하는 걸 참을 수 없었다. 훈육을 핑계라고 하기엔 그 정도가 심각했다.

"우리, 이제 그만 갈라서. 애들이 뭔 죄니."

민정은 참다 이혼 의사를 내비쳤다. 유진은 비열한 표정으로 바뀐 채, 민정에게 물었다.

"그래. 그럼 양육권은 내게 줘. 어차피 바빠서 넌 키울 시간도 없잖아. 안 그러면 병원 문 닫을 각오해. 병원 초기에 있던 의료 과실, 내가 입만 벙긋하면 넌 끝이야."

 민정이 병원을 개원한 초기, 그녀는 환자 수가 급증하며 큰 성공을 거두고 있었다. 그러나 개원 초기에 한 가지 사건이 문제가 됐다. 바로 진료 과정에서 발생한 약물 오용 사건이었다.

 당시, 민정은 초진 환자의 피부 알레르기 치료를 진행하며 약물 주사를 처방했다. 하지만 해당 환자가 알레르기 반응을 일으킬 가능성이 높은 특정 성분에 민감하다는 것을 환자의 문진표에서 놓쳤다. 환자는 민정의 처방에 따라 주사를 맞았고, 이후 심각한 과민 반응을 보였다. 얼굴 전체가 변하고, 미칠 듯한 간지러움으로 고통을 호소했다. 염증과 부어오름으로 피부 알레르기를 치료하려던 환자는 상태가 더 나빠졌다. 삼 개월 뒤, 그 환자는 내내 고통을 겪다 고통으로 스스로 목숨을 끊었다.

 문제는 그 사건 이후 민정이 빠른 병원 안정화를 위해 유가족에게 일종의 '합의금'을 제공하며 사건을 조용히 무마했다는 것이다. 유가족은 합의금에 동의하고 사건을 더는 문제 삼지 않았지만, 당시 서류상으로 사건을 덮는 과정에서 허술한 기록 관리가 드러났다.

 그 사건과 관련된 문서들이 유진의 손에 들어간 것은, 민정이 유진에게 병원의 내부 회계 업무를 잠시 맡겼던 시기였다. 유진은 민정의 바쁜 일정을 돕겠다고 나섰지만, 그 과정에서 사건과 관련된 민감한 자료들을 무단으로 복사해 보관하고 있었다. 유진은 이 자료를 지렛대로 삼아 민정을 협박했다.

"사람들이 알면 어떻게 될까? '유명 피부과 원장 K모 씨, 알레르기 환자 약물 남용으로 죽음에 내몰아, 이후 거액의 합의금 제시해 사건 은폐', 이 제목이면 검색어 순위에 오르겠지. 네 병원이 잘 돌아갈 수 있을 거 같아?"

민정은 그 순간 숨이 막혀왔다. 그녀는 병원을 잃게 될까 두려웠고, 무엇보다 병원이 망가질 경우, 아이들을 제대로 양육할 경제적 기반마저 흔들릴 것을 알고 있었다. 결국 민정은 유진에게 양육권을 넘길 수밖에 없었다.

남보다 못한 사이가 부부라더라니. 민정은 이렇게 생각했다. 제 약점을 쥐고 흔드는 전남편을 이해할 수 없었다. 이혼 직후 그는 끊임없이 거액의 양육비를 요구했다. 하지만 민정은 아이들을 위해 들어갈 돈이라 생각해 꼬박꼬박 송금했다. 그의 방해에 아이들을 제대로 볼 수도 없었다. 민정에 대한 열등감으로, 유진은 민정이 평생 불행하기를 바라고 또 바랐다. 자기는 불행해도 괜찮았다. 그러나 먼발치서 지켜본 아이들의 형편없는 모습, 제 나이에 맞지 않는 옷차림과 상처투성이인 얼굴까지. 엄마인 민정의 마음은 가슴 깊은 곳에서 무너져 내렸다. 무엇보다 아이들은 제 엄마가 저희를 버리고 갔다고 생각할 것 같았다.

눈이 펄펄 오는 어느 겨울날, 가로등 뒤 민정의 눈에서는 뜨거운 눈물이 흘러내렸다.

"미안해……." 그녀는 흐느끼며 계속 흐르는 눈물을 닦았다.

"엄마가 부족해서, 미안해. 영진아. 영수야."

민정은 다음 날, 유진을 불렀다. 어떻게 되어도 상관없으니, 아이들을 보여달라는 말을 했다. 병원 약점을 가지고 협박해도 소용없다고. 마음대로 하라는 민정의 말에 유진의 눈빛이 변했다. 정말 민정이 법적으로 면접 교섭을 요구할 수도 있으리라 생각했다. 유진은 발빠르게 변호사 사무소를 찾았다.

나는 눈을 질끈 감았다. 눈 앞에 펼쳐진 풍경을 보고 아무 말도 할 수 없었다. 과거를 직접 가본 이상, 단순한 양육권, 양육비 싸움이 아니라는 것을 직감했다. 둘의 싸움 속 아이들의 영혼은 날마다 찢기고 괴로웠을 터였다.

민정은 거칠게 숨을 쉬며 말을 했다.

"변호사님이 믿으실지 안 믿으실지는 모르겠지만, 그가 지어낸 이야기는 다 거짓이에요. 그 말도 안 되는 이야기 때문에 저는 제가 사는 아파트도 세를 주고, 다른 동네로 이사를 가야 했어요. '완벽주의 강남 피부과 의사 엄마, 강박성 성격장애로 아이들 학대'라니. 엄마들 입소문에 얼마나 오르내리기 좋은 주제겠어요."

"믿어요, 민정 씨. 민정 씨를 믿습니다."

민정은 갑자기 변한 내 모습을 보고 조금은 놀란 것 같았다. 과거를 엿본 이상, 나는 민정의 말을 믿을 수밖에 없었다. 어떻게 처리해야 할지 고민이 앞섰다. 민정은 눈물에 젖은 얼굴로 나를 바라보며 말했다.

"제가 아이들을 다시 데려오는 건 어려울까요? 저는…… 그 사람이 이렇게까지 할 줄 몰랐어요. 제가 무지해서, 부족해서 그때는 어쩔 수 없었지만, 이제는 상관없어요. 다 없어져도 아이들만이라도 데려오고 싶어요."

이혼 과정에서 한 번 넘긴 양육권을 되찾아오기는 쉽지 않았다. 그녀의 목소리는 떨렸지만 결연했다. 나는 그녀의 진심을 느낄 수 있었다. 이 사건을 통해 단순히 양육비 문제를 해결하는 것을 넘어 아이들의 미래를 보호해야 한다는 책임감이 커졌다. 한숨을 크게 내쉬고, 다시 유진을 찾아갔다. 그에게 사실을 인정하라고 했지만 도리어 그는 노발대발하며 담당 변호사를 바꾸겠다 소리쳤다.

"애들 얘기 나올 때부터 표정 하나 안 바뀌는 거 보고 딱 알았다니까. 너, 그쪽에서 돈 챙긴 거지? 실력도 별로 없는 변호사가 돈만 밝히는 거 보니 참."

그의 말은 날카로운 가시처럼 내 심장을 찔렀다. 내가 앓고 있는 장애를 빌미로 말끝마다 비아냥거렸다. 순간적으로 바뀐 그의 태도에 가슴이 서늘해졌다. 억울함과 분노가 동시에 치밀어 올랐지만, 감정을 드러내는 순간 그의 말에 휘말릴 것 같아 애써 평정을 유지하려 했다. 난 더 이상의 구원은 없으리라 판단했다. 바로 민정에게 전화를 걸고 무어라 조언했다.

며칠 후, 민정은 다시 나를 찾아왔다.

"변호사님이 가져오라는 것들 다 정리했어요."

그녀는 조심스럽게 가방에서 몇 장의 서류와 사진들을 꺼냈다. 서류에는 유진이 개원 초기, 그녀의 병원에서 회계 업무를 맡던 시절 작성한 문서들이 포함되어 있었다. 이 문서들은 유진이 민정을 협박할 때 사용했던 자료들이었다.

"이건 유진이 제게 넘긴 합의금 관련 기록이에요. 당시 제게 이걸 들이밀며 협박했던 자료입니다. 원본은 그가 가지고 있을 거예요."

협박, 사기. 유진의 죄 명목은 너무나도 많았다. 나는 이를 근거로 유진을 조사할 여지가 있다고 판단했다. 민정은 또 다른 증거로 유진의 학대 정황을 담은 사진을 내밀었다. 사진 속에는 쌍둥이들의 어릴 적 모습이 담겨 있었고, 팔에 남은 멍 자국과 두피의 상처 등이 선명했다. 당시 학대의 정황이 담긴 음성 파일이 몇몇 있었던 게 큰 도움이 되었다.

"이건…… 당시 학대가 있었던 흔적이에요. 아이들 몸에 이런 상처가 생길 때마다 제 가슴이 찢어질 것 같았어요. 그럼에도 제가 지키지 못했다는 게 평생 후회로 남아요."

나는 민정과 상의 끝에 사건을 수임하기로 했다. 가정법원에서는 아이들의 상태를 다시 확인하기 위해 전문가 상담이 필요하다는 처분을 내렸다. 법적 절차상 양육권 조정이 가능하려면 아이들의 심리 상태와 그들이 느끼는 가정환경에 대한 진솔한 이야기가 필요했다.

아동심리 전문가의 보고서는 내 예상보다 심각했다. 아이들은 모두 심리적으로 위축되어 있었고, 큰아이 영진은 불안장애가 심화되어 자신을 탓하는 경향을 보였다. 특히 둘째 영수는 "아빠는 우리를 혼내야 우리가 잘 크는 거라고 했어요"라는 말을 반복하며, 유진의 학대를 훈육으로 여기는 모습이 나타났다. 영진은 둘째와의 끊임없이 비교로 자신을 쓸모없는 존재로 생각하고 있었다. 나는 한없이 연약한 아이들이 너무도 가여웠다.

이 모든 증거를 바탕으로 나는 민정과 함께 새로운 전략을 세웠다. 민정은 유진을 직접 고발하기로 결심했다. 그녀는 아이들의 권리를 위해 끝까지 싸우기로 한 것이다. 나는 그녀의 말을 들으며 사건의 전개 방향을 명확히 했다. 민정이 가진 증거를 토대로 유진의 학대 정황을 수집하고, 그를 법적으로 고발하는 동시에 양육권을 되찾기 위한 소송을 준비하기로 했다. 나는 그녀의 손을 붙잡은 채 말했다.

"소송이 시작되면, 저쪽에서 더러운 언론 플레이를 할 수도 있어요. 괜찮으시겠어요?"

"상관없어요. 아이들을 위해서라면."

소송이 시작되자 유진은 민정이 과거 의료 과실을 은폐했다고 주장하며 여론전을 펼쳤다. 그는 언론에 인터뷰를 요청하며, '나는 아이들을 보호하기 위해 싸우고 있다. 그녀는 경제적 욕심 때문에 아이들을 방치하고 학대했다'라는 내용을 퍼뜨렸다.

예전 같았으면 병원 이미지 때문에 언론 노출을 막았을 민정이었다. 그러나 민정은 이를 정면으로 반박했다. 그녀는 병원 운영 당시 과실 사건에 대해 공개적으로 사과하며, 유가족과의 합의 사실과 그 이후 병원 시스템 개선에 대한 자료를 제공했다.

"과거의 잘못은 제가 책임지고 바로잡았습니다. 하지만 지금 제가 싸우는 이유는 단 하나입니다. 제 아이들이 더는 고통받지 않도록 지키는 것입니다."

증거가 풀리자 민정의 진심은 점차 대중들에게 전달되었고, 여론은 유진에게서 민정으로 기울기 시작했다. 법정에서 민정과 유진의 증거와 증언이 대립했지만, 아이들의 증언과 전문가의 보고서가 결정적이었다. 아이들은 결국 '엄마와 함께 살고 싶다'라는 의사를 밝혔고, 법원은 양육권을 민정에게 넘기기로 판결했다. 양육비와 면접 교섭권 문제는 철저히 법에 따라 조정되었으며, 유진은 그간의 학대와 협박 혐의로 형사 처벌을 받게 되었다.

몇 달 뒤, 나는 민정의 집을 방문했다. 다행히 병원을 찾는 사람들은 더 늘어나기 시작했다. 페이닥터를 채용해 쌍둥이와 함께할 시간을 늘렸다는 민정의 표정은 더할 나위 없이 밝았다. 쌍둥이들은 엄마의 품에서 밝게 웃으며 뛰어다니고 있었다. 민정은 따뜻한 차를 내오며 나를 맞았다.

"변호사님 덕분에 이제야 아이들을 지킬 수 있게 되었어요. 정말 감사합니다."

나는 고개를 끄덕이며 쌍둥이들의 모습을 바라보았다. 이 사건을 통해 깨달았다. 법은 단순히 싸움에서 이기는 도구가 아니라, 상처받은 사람들을 치유하는 길이 될 수도 있다는 것을. 민정의 유진의 싸움은 단순한 법적 다툼을 넘어 아이들의 행복을 되찾기 위한 물물교환이었다. 과거의 잘못과 진심, 그리고 아이들의 미래가 맞바뀐 것이다.

민정은 과거의 과오와 무거운 짐을 내려놓는 대신, 아이들과 함께하는 평온한 오늘을 손에 넣었다. 만약 유진이 아이들을 어머니로부터 고립시키려 하지 않았더라면, 혹은 더 많은 돈과 욕심에 집착하지 않았더라면, 이런 변화는 쉽게 이루어지지 않았을지도 모른다. 나는 이 모든 결과가 결국 인과응보라는 이름 아래 이루어진, 너무도 합당한 물물교환이라고 믿었다.

7
눈먼 진실

눈먼 진실

 승소한 뒤, 나는 내게 주어진 능력의 중요성을 다시금 깨달았다. 만일 민정의 과거를 엿보지 못했더라면, 유진의 편에서 아이들이 끝없는 고통을 당하도록 일조하는 셈이 될 수도 있었다. 새삼 황금빛 인면어가 고마웠다. 그 물고기를 만진 이후로 내 삶은 완전히 달라졌으니까. 승소율 구십구 퍼센트, 아니 백 퍼센트를 자랑하는 이혼 전문, 양육비 소송 전문 변호사라니. 소문이 나자 의뢰인은 끊임없이 이어지기 시작했다. 월세를 내기에도 빠듯했던 개인 사무소에서 예약과 상담이 끊임없이 이어지는 변호사 사무소로 변하고 있었다.
 허름했던 간판을 새로 매달며, 감회가 새로웠다. 과거의 기억이 상대의 눈을 통해 스며들어 보이는 능력은 처음엔 기묘하고도 흥미로웠다. 누구든 진심이 담긴 눈부처를 통해 그들이 지나온 시간을 엿볼 수 있었으니까.
 하지만 그 능력은 점점 무겁게 다가왔다. 몇 달이 지나도, 내 머릿속에 황금빛 인면어의 선명한 눈동자가 쉬이 떠나지 않았다. 마치 뼈

끔거리던 마지막 말이, 꼭 다시 자기를 찾아오라는 말 같았다. 대체 그 인면어가 나를 통해 하고 싶은 말은 무엇이었을까? 알 수 없는 끌림이 느껴졌다. 그 감각에 이끌려 다시 그 수족관을 찾아갔다. 하지만 내가 도착했을 때, 수족관은 이미 폐쇄된 상태였다. '이전'이라는 커다란 팻말만이 입구에 붙어 있었다.

할 수 없이 나는 변호사 사무소로 다시 돌아갔다. 사무실 문이 조용히 열렸다. 나는 고개를 들었고, 문지방을 넘는 낮은 소리와 발소리의 무게감으로 그의 불편한 마음을 짐작할 수 있었다.

"앉으세요."

나는 손짓했지만, 그가 내 손을 볼 수 없음을 깨달았다. 중년의 남성, 검은 선글라스를 쓴 채 망설이는 듯한 걸음걸이. 그는 손끝으로 벽을 더듬으며 내 자리 앞으로 조심스럽게 다가왔다. 탁. 탁. 그의 손에는 기다란 보행 보조 스틱이 들려 있었다. 붉은색의 보행 보조 스틱에 지탱해 그는 아주 조심스레 들어왔다. 나는 재빨리 의자를 들고 일어나서, 그를 천천히 의자에 앉혔다.

"제 이름은 김영호입니다. 큼. 맹인 마사지사로 일합니다. 지금은 혼자지만, 예전에는…… 같이 일하던 사람이 있었습니다. 큼."

그는 문장 뒤에 독특한 헛기침을 하는 습관이 있었다. 목소리는 깊고 낮았지만, 어딘가 끊어진 것처럼 메마른 기운이 느껴졌다.

"네. 영호 씨. 이곳엔 어쩐 일로?"

그는 한참 머뭇거리다 말을 이었다. 혼인한 지 얼마 되지 않아, 신혼의 단꿈을 즐기지도 못한 채 이혼 통보를 받았다고 했다. 정말 한여름 밤의 꿈을 꾼 것처럼, 아직도 믿기지 않는다고 했다. 그와 전부인 사이에는 이제 막 태어난 갓난아이도 있었다.

"전처에게 양육비를 줘야 한다고 하더군요. 큼. 저는 억울합니다. 함께 딸을 키우고 싶은데, 이렇게 떨어져 돈만 보내야 하는 상황이요. 주변 사람들이 이곳을 추천해주기에, 찾아왔습니다. 큼."

나는 짧지만, 충격적이었던 그의 결혼 생활에 대해 알고 싶었다. 그간의 생활을 묻는 내게 그는 한동안 말을 잇지 못했다. 나는 가만히 기다렸다. 결국 그가 깊은 한숨을 내쉬며 입을 열었다.

"전처, 미진은 제가 운영하던 안마소 직원이었습니다. 일을 착실하게 할 뿐 아니라 서로의 처지를 누구보다 잘 이해한다는 데 마음이 동해 제가 결혼을 졸랐죠. 이후 저와 전처, 미진은 함께 안마소를 운영하며 살았습니다. 결혼한 지 얼마 되지 않아 아이가 들어섰어요. 아빠가 된다는 기쁨도 컸지만, 동시에 무거운 책임감과 부담감을 느끼던 터였습니다. 큼. 매주 금요일, 저와 미진은 안마소를 마감하고, 동네 복권 집에 들러 복권을 사는 습관이 있었어요. 제 복권 한 개, 그리고 아내 몫으로 한 개. 힘든 현실 속, 당첨될 수도 있으리라는 희망이 우리를 또 살게 하니까요. 큼."

나는 잠자코 그의 이야기에 집중했다.

"큼. 어느 날이었어요. 그 주는 미진이 아이를 보러 일찍 집에 들어가, 제가 홀로 두 장의 복권을 사 왔지요. 역시나 큰 기대를 접은 채로, 그 복권을 미진에게 건넸습니다. 그런데, 그중 한 장이 일 등에 당첨됐어요. 큼."

일 등이라고? 나는 두 귀를 의심했다.

"삼십억 원."

그는 담담히 말을 이었다.

"하지만 당첨금을 받을 수 없었습니다. 미진의 언니, 그러니까 처형이 모든 걸 가져갔으니까요. 큼."

처형이 왜? 나는 바로 반문했고, 고통스러운 그날을 떠올린다는 듯 영호는 말을 이었다.

"그날 저녁은 제게 참으로 잊을 수 없는 순간이었습니다. 저희는 주로 점자 복권을 요청하거나, 음성 안내 시스템을 활용해왔습니다. 그날은 이상하게 또 처형이 집에 와 있어서 두 권의 복권 당첨 번호를 모두 확인해주었거든요. 뒤이어 싸한 느낌이 이어졌습니다. 처형이 미진을 안방으로 살짝 부르더니 이 복권을 누가 사 왔냐고 묻는 것 같았습니다. 큼. 저는 눈이 안 보이는 대신 귀나, 손의 감각은 굉장히 발달 되어 있어요. 큼. 방 안에서 둘이서 속삭이는 소리를 다 들을 수 있었습니다. 큼."

나는 그의 다음 말에 집중했다.

"저는 수상한 마음에 처형이 있는 곳으로 향했어요. 처형은 입을 꾹 닫고 더 이상 이야기를 하지 않더군요. 그 이후부터 미진의 행동이 변하기 시작했습니다. 큼. 좀처럼 대화를 하지 않고, 아프다는 핑계로 안마소에 나오지도 않았고요. 아이를 데리고 처형과 셋이서 놀러 가는 경우가 많아졌어요. 볼 수 없어도 마음으로 느껴지는 상대와의 거리, 저는 그걸 명확히 알 수 있습니다. 미진이 확실히 변하고 있었어요."

당첨금은요? 실제로 복권이 당첨되고 이혼하거나 가정에 불화가 생기는 경우가 많다고는 들었는데, 직접 마주한 일은 처음이었다. 나는 지끈거리는 머리를 꾹꾹 누른 채, 영호에게 물었다.

"복권 당첨금을 수령했다고는 하는데, 저는 그 돈을 직접 만져본 적도 없습니다. 처형에게 물으면 곧 주겠다는 식으로 이야기할 뿐, 차일피일 지급을 미루어왔어요. 큼."

그는 숨을 고르고 말을 이었다.

"그러다 어느 날, 터질 게 터졌습니다. 큼. 미진이 왜 요새 안마소에 잘 오지 않는 건지, 복권 당첨금은 어떻게 되어가는지, 왜 처형이 우리 집의 살림을 모두 쥐고 있는지 화가 나서 쏘아붙이기 시작했어요. 처형은 그 말이 나오기를 기다렸다는 듯 이야기했습니다."

— 매제, 그 복권이 매제가 사 온 복권이라는 증거 있어요?

"그 질문에 저는 최대한 차분하려 애썼습니다. 감정이 격해지면 더 이상 대화가 되지 않을 거라는 걸 알았으니까요. 그래서 조용히 말씀드렸습니다."

— 제가 직접 샀고, 미진이도 그걸 봤습니다.

"그런데 제 말이 끝나기도 전에 처형은 비웃음을 터뜨렸어요. 맹인 안마사가 어떻게 볼 수 있겠냐는, 마치 조롱하는 듯한 비웃음이었습니다. 그리고 바로 미진이에게 물었죠."

— 봤다고? 미진아, 네가 말해봐.

"그 순간 미진이는 아무 말도 하지 않았습니다. 긴 침묵만이 방 안을 가득 채웠죠. 저는 속으로 애타게 그녀가 무언가를 말해주길 바랐습니다. 하지만 그녀는 끝내 고개를 저으며 이렇게 말했어요."

— 솔직히 기억이 잘 안 나요. 늘 저와 같이 가서 샀거든요. 게다가 그 복권은 제 몫이었어요.

그 말을 듣는 순간 마음이 무너지는 것 같았습니다. 제가 느낀 배신감과 허탈감은 이루 말할 수 없었어요. 그런데 처형은 그 기회를 놓치지 않았어요. 마치 기다렸다는 듯 단호한 목소리로 말씀하시더군요.

— 그렇지! 증거도 없는데 삼십억을 나누자는 거야? 이 복권은 미진이가 확인한 거잖아. 그러니 미진이 몫이야.

— 처형. 그만하세요. 삼십억이 아무리 욕심이 나도 부부 사이를 가르려 하지 마세요. 대체 저희한테 왜 그러시는 겁니까?

"그러던 중, 미진은 갑자기 제게 소리를 쳤어요. 찌를 듯한 괴성이었어요."

– 제발. 우리 언니한테 그만해. 뭐가 그리 당당하다고.

그는 괴로운 듯 고개를 떨구었다.

"물론 저도 인정해요. 처음에 두 눈이 보이지 않는 저희가 가정을 꾸릴 때, 처형이 많은 도움을 주었습니다. 게임 사운드 디자이너라 일이 바쁠 때도 있지만, 우리 집에 찾아와 가끔 애도 봐주었고요. 하지만, 복권 당첨금과는 다른 이야기잖아요. 감사의 의미로 저는 처형에게도 일정 금액을 드리려고 마음먹었던 상태였습니다. 그러나, 처형이 우리 부부를 이간질하는 건 참을 수 없었어요."

나는 영호의 말에 너무 당혹스러워 창밖을 바라보았다. 유유히 수족관을 떠돌던 인면어가 생각났다. 눈이 보이지 않는 동생네 부부의 복권 당첨금을 노리는 처형의 모습이라니. 까악까악. 쿨길한 예감을 알리듯 저 멀리서 까마귀 떼가 먼 하늘을 향해 날아갔다.

"저는 어이가 없어 미진의 손을 잡으려 했어요. 하지만 미진은 매섭게 뿌리쳤어요. 그리고 처형과 함께 집을 떠났습니다. 하나뿐인 딸아이, 은채를 데리고서요. 나는 그녀가 다시 돌아올 거라 믿었으나, 감감무소식이었어요. 그리고 얼마 전, 매달 제 소득에 비례하는 양육비를 보내라는 문서가 안마소에 우편으로 송달됐어요. 그녀는 핏덩이와 함께 떠난 이유를 내 탓으로 돌렸어요. 내가 도의를 지키고, 가족을 소중히 여겼더라면 지금의 상황까지는 오지 않았을 거라고요."

나는 아무 말도 하지 못했다. 삼십억을 받은 뒤, 생이별을 조장했는데도 양육비를 보내라 청구하다니. 정말 그의 말이 사실일까? 사실이라면 이대로 두어선 안 되었다. 그의 과거로 돌아가 보고 싶었다. 영호의 눈을 응시하려 했지만, 눈을 감고 있어 볼 수가 없었다. 눈부처를 통해 과거를 볼 수 있었다면 그의 말이 진실인지, 혹은 미진의 고백이 더 옳았는지 알 수 있었을 것이다. 그러나 지금 나는 아무것도 볼 수 없는 그의 처지와 다를 바 없었다.

마음을 가다듬고 서류를 확인했다. 결혼한 지 일 년, 이혼을 한 지 채 삼 개월이 안 된 부부였다. 대체 둘 사이에 무슨 일이 벌어졌던 것일까. 나는 펜대를 굴리며 그를 찬찬히 쳐다보았다. 한동안 계속된 나의 침묵에 그는 불안한지 울먹였다. 울음을 삼키는 절박한 소리에는 더 이상 숨길 수 없는 간절함이 묻어났다.

"사실 저는…… 일방적으로 양육비를 보내기보다 아내가 돌아오기를 바라고 있습니다. 미진이와 딸 은채, 그 둘을 위해서라면 뭐든 할 수 있을 것 같아요. 아직 그녀를 사랑하고 있습니다. 무슨 오해가 생겨서 저를 떠난 건지 모르겠지만, 제가 잘못했다면 고치고 싶어요. 제발 그녀가 다시 마음을 바꾸고 돌아와주기를…… 간절히 바랍니다. 핏덩이 같은 딸도 있는데, 이렇게 헤어진 채로 살 순 없잖아요."

그는 손끝으로 무릎을 더듬으며 말을 멈췄다. 고개는 살짝 떨리고 있었고, 입술은 말하지 못한 문장을 삼키는 듯 굳어 있었다. 나는 그에게서 느껴지는 절실함과 애틋함이 너무도 선명해서, 단순히 변호사로서의 책임감을 넘어서 마음 한구석이 무거워지는 것을 느꼈다.

"영호 씨, 복권을 샀던 날의 상황을 조금 더 자세히 말씀해주실 수 있을까요?"

그는 고개를 끄덕이며 침착하게 입을 열었다.

"그날은 제가 늘 가던 동네 복권집에서 복권 두 장을 샀습니다. 점자 복권이 아니라 일반 복권이었지만, 복권 번호를 음성 안내 앱으로 확인할 계획이었어요. 그런데 그날따라 미진의 언니가 우리 집에 와 있었죠. 제가 복권을 꺼내자 그녀가 직접 당첨 번호를 확인해주겠다고 했습니다."

그의 말에서 힌트를 얻은 나는 복권을 구매한 작은 가판대를 찾아가기로 했다. 다행히 영호 씨는 그 위치를 정확히 기억하고 있었다. 도착한 나는 영호 씨의 설명대로, 그가 복권을 샀던 날의 거래 내역을 확인할 수 있을지 요청했다. 하지만 그 복권집은 다주 작은 규모의 상점이라 따로 CCTV를 설치해두지 않은 상태였다.

난감했다. 이리저리 살피니 저 멀리 가로등에 설치된 카메라가 보였다. 나는 구청에 문의했고, 다행히 구청에서 CCTV 영상을 일정 기간 보관하고 있다는 사실을 알게 되었다. 그러나, 길 건너에 세워진 CCTV는 다른 물품 선반이나 매대를 비추고 있을 뿐, 복권을 구입하는 카운터가 완전히 가려진 상태였다. 일 년 전, 그것도 날짜가 확실하지 않은 날의 영상에, 누군지 특정할 수도 없는 화면이라니. 당혹스러웠다. 그러나 포기할 수는 없었다. 공무원은 귀찮다는 표정으로 커서를 달깍거렸다. 고개를 삐딱하게 고정한 채, 한숨을 연거푸 쉬었다. 상대의 꺼리는 듯한 반응에 나는 지갑에서 변호사 자격증을 꺼내 보였다.

"현재 진행 중인 법적 절차에 필요한 중요한 증거 자료입니다. 관련 법률에 따라 정보 접근 및 확인을 요청드리는 만큼, 정해진 절차에 따라 지원해주시길 부탁드립니다."

내 목소리는 예의 바르면서도 단호했다. 그 공무원은 내 변호사 뱃지와 나를 번갈아 보았다. 금세 태도가 상냥하게 바뀌었다. 흔한 민원인이었다면 흔쾌히 승낙해주지 않았을 것 같았다. 영상이 있다는 걸 알았어도, 영호가 눈이 보이지 않는 상태에서 홀로 이 증거를 수집하기는 쉽지 않았을 거라는 생각이 들었다. 영호는 혹시나 구청 CCTV 시청을 거부당할까 불안해하고 있었다. 다행히 태도가 바뀐 공무원 덕에, 영상을 확인해봐도 좋다는 허락을 받았고, 나는 사무소에 돌아와 새벽까지 복사해온 영상을 확인했다.

꽤 오래 지난 영상을 하나씩 확인하려니 눈꺼풀이 계속 내려앉았다. 살짝 비추는 카운터로는 사람의 형태를 도저히 확인할 수 없었다. 탁. 탁. 그 순간, 익숙한 모습이 시야에 들어왔다. 길다란 빨간색 스틱. 끝부분에 씌워진 검은 마개까지, 영호의 보조 스틱임이 분명했다. 나는 환호를 질렀다. CCTV에는 그의 보조 스틱이 사선으로 명확하게 찍혀 있었다. 나는 시간과 일정을 체크해, 복권집 점주에게 증거를 부탁했다.

"여기 있습니다. 고객님이 말씀하신 날짜의 복권 구매 내역이에요. 두 장 구매가 확인됩니다."

점원이 출력한 판매 내역 영수증에는 영호 씨가 해당 시간에 현금으로 복권을 구매한 기록이 명확히 남아 있었다. 며칠 뒤, 나는 미진을 직접 만나기로 했다. 그녀는 처음엔 문을 열기조차 꺼렸지만, 내가 복권 구매 내역을 가져왔다는 말을 듣자 얼굴이 굳어졌다.

"무슨 소리죠?"

나는 차분하게 입을 열었다.

"미진 씨, 복권 판매 내역과 CCTV 영상, 둘 다 확인했습니다. 그 복권은 영호 씨가 산 게 확실해요."

그녀는 말을 잇지 못했다. 내 시선을 피하던 그녀의 눈은 흔들렸고, 손끝은 테이블 위에서 떨리고 있었다.

"미진 씨도 그 사실을 알고 계셨잖아요. 궁금한 점은, 미진 씨가 영호 씨를 버리고 떠난 이유였어요."

그녀는 고개를 숙였다.

"언니가…… 그렇게 말했어요. 영호 씨가 자주 오는 손님 한 명을 대하는 느낌이 심상치 않다고. 제가 일하고 있을 때 함께 나간 적도 많다고 했어요."

"네?"

"실제로 제가 그 상황을 들은 적도 있는걸요."

"상황을, 좀 더 설명해주시겠어요?"

"안마소에 자주 찾아오는 사십 대 직장인 김희라 씨가 있어요. 언니 말에 의하면 그 사람은 같은 여자가 보기에도 굉장히 매력적이고, 예쁘다고 했어요. 하고 다니는 장신구도 꽤 고급스러의, 갑부처럼 보인다고요. 그러던 어느 날, 언니가 음성 녹음 하나를 들려줬어요. 둘이 함께 있는 안마소 내부에서 대화하는 걸 언니가 몰래 녹음한 거라면서요."

나는 당황했다. 그렇다면 영호 씨가 외도한 것이 사실이었던 것일까. 아. 그 상황으로 미치도록 들어가 보고 싶었다. 새삼, 눈을 보고 과거를 엿볼 수 있는 능력이, 진실을 확인할 수 있는 능력이 간절해졌다. 그때 대화를 듣고 있던 처형이 방 안에서 당당한 표정으로 나왔다. 손에 핸드폰을 쥐고 있었다.

"그 증거, 내게 있어요."

기다렸다는 듯 방 안에서 미진의 처형, 기란이 나왔다. 그녀는 꽤 당당한 표정으로 내 앞에 휴대폰을 들이밀었다. 탁탁. 휴대폰을 만지더니 이내 녹음본을 들려주었다. 지지직거리는 소리와 함께 음성이 재생되었다.

"영호 씨가 결혼만 안 했더라면…… 아니, 결혼했어도 상관없어요. 늘 다정하게 대해줘서 고마워요. 영호 씨, 본인이 얼마나 잘생긴 줄 모르죠?"

이어지는 목소리는 한층 더 노골적이었다.

"저도 같은 마음이에요. 하…… 집에 들어가기 정말 싫어요. 아내가 출산하고 살이 너무 많이 쪘거든요. 자기 관리도 안 하고, 그냥 뒤룩뒤룩…… 한숨만 나와요. 만져보면 안다니까요."

"그러지 말고, 나랑 같이 살아요. 더 크고 멋진 안마소를 차려줄게요."

"희라 씨가 제 인생에 온 게 큰 축복이에요. 고마워요. 그런데, 아이는 어쩌죠?"

"애가 있어도 재혼하는 마당에, 그러지 말고, 나랑 새 삶 살아요."

"희라 씨. 당신만 믿을게요."

달칵. 기란은 당당한 표정으로 녹음기를 껐다. 심장이 쿵 내려앉는 것 같았다. 분명 누가 들어도 낮은 중저음의 영호의 목소리였다. 역시. 과거를 한 번 엿봐야 하는 것이었을까? 엉킨 실타래를 어디서 어떻게 풀어야 할지, 어떻게 진실을 마주해야 할지 고민이 앞섰다.

"녹음본이 필요하다면 증거물로 제출하겠어요. 대신, 그 파렴치한 인간이 우리 미진에게 양육비만 제대로 지급하게 해주세요."

기란은 자신감이 넘치는 모습으로 내게 녹음본을 제출했다. 기기를 받아오는 길이 무거웠다. 변호사라는 사람이 이렇게 사람 보는 눈이 없어서야. 차에 녹초가 된 몸을 실은 채 횡단보도에서 신호를 기다리고 있었다. 그때, 버스 광고판이 눈에 들어왔다.

'누구든 흉내 낼 수 있는 당신의 목소리, 이제 AI봇과 함께 해보세요.'

운전대를 잡고 손가락으로 타닥, 타닥 고민하며 생각에 잠겨 있었다. 그 순간, 영호의 목소리가 머릿속에 떠올랐다.

'게임 사운드 디자이너라 일이 많이 바쁠 때도 있었지만……'

그의 말이 반짝이는 단서처럼 느껴졌다. 달칵. 지이이익. 달칵. 지이이익. 녹음된 음성을 몇 번이고 다시 재생하며 반복해서 들었다.

'집에 들어가기 싫어 죽겠어요. 당신만 믿을게요.'

음성 파일을 되감아 반복해서 듣는 동안, 중요한 점이 눈에 들어왔다. 탁, 무릎을 치며 깨달았다. 영호는 말을 끝맺을 때마다 '큼큼' 하고 헛기침을 하는 버릇이 있었다. 하지만 녹음된 음성에는 그 버릇이 전혀 담겨 있지 않았다. 확실한 증거를 잡아야 할 차례였다.

도영의 자문을 구해 바로 AI 음성 인식 판독 센터를 찾았다. 머리가 하얗게 센 연구원은 조금만 기다려달라는 말을 남기고 부스 안으로 들어섰다. 나는 바라고 또 바랐다. 변하지 않는 진실을 확인할 차례였다. 결과지를 보자마자 나는 미진의 집으로 다시 차를 몰았다. 그녀에게 전화했다. 대신, 이번엔 언니인 기란을 데려오지 말라 신신당부했다. 미진은 점자로 변형된 결과지를 받아들고는 말을 채 잇지 못했다. 결과는 위조 백 퍼센트. 음성은 영호와 희라의 목소리를 따 만든 가짜 음성이었다.

기란은 오가며 영호와 희라의 대화 데이터를 몰래 녹음했고, 이를 기반으로 음성을 합성해 대화를 조작했다. 게임 사운드 디자이너였던 기란에겐 이런 위조쯤은 일도 아닌 일이었다. 진실이 드러난 순간, 나는 이 모든 계획의 정교함에 전율하면서도, 그보다 더 깊이 분노했다. 내 앞의 미진은 한없이 좌절했다.

"아이를 낳고 살이 많이 쪘어요. 그 이후 언니가 영호 씨가 저를 무시한다는 말을 전해주었어요. 서서히 그 말에 세뇌되었던 것 같아요. 그런 사람을 버리고, 복권 당첨금으로 예쁘게 관리하고 새 출발을 하자고 저를 회유했어요. 저도 그런 말을 듣고 흔들렸던 게 사실이에요. 그동안 언니를 믿어왔으니까…….”

나는 고개를 끄덕이며 그녀의 말을 받아들였다.

"하지만 미진 씨, 영호 씨는 그런 말을 한 적이 없어요. 그리고 기란 씨가 한 말 중 상당 부분이 사실이 아닌 것으로 보입니다. 영호 씨를 무너뜨리기 위한 거짓말이었죠.”

그녀는 절망스러운 표정으로 거친 숨을 들이쉬며 나를 바라보았다. 나는 조심스럽게 말을 이어갔다.

"복권 문제로 갈등이 시작된 날 이후, 기란 씨는 일부러 영호 씨와 미진 씨 사이를 멀어지게 할 이야기를 만들어냈습니다. 영호 씨가 미진 씨를 깎아내리는 말들을 했다는 것도, 바람을 피웠다는 주장도 모두 거짓말이었어요. 제가 확인한 바에 따르면, 기란 씨는 당첨금을 독차지하기 위해 이 모든 상황을 조장한 겁니다.”

그녀는 그 말을 듣고 눈을 크게 뜨더니, 천천히 고개를 저었다.

"그럴 리가 없어요…… 언니가…… 왜. 설마 그런 짓을…….”

"혹시, 그 당첨금 삼십억. 어디에 있는 줄 알고 계십니까?”

불안해진 미진은 말을 더듬었다.

"언니가 제 통장에 넣어놨다고 했어요. 나중에 아이와 함께 살 집을 짓고, 대학에 보낼 학비로 저금해두겠다며.”

깊은 한숨을 내쉰 뒤, 나는 도영에게 부탁해 확보한 기란의 자금 출처 내역을 점자로 정리해 미진에게 건넸다. 최근 몇 개월 사이, 기란이 신용불량자가 된 기록이 확인됐다. 그녀는 회사 월급은 물론,

그동안 모아둔 적금까지 모두 해지한 후, 어딘가로 지속적으로 거액을 송금하고 있었다.

게다가 미진 명의로 된 복권 당첨금 계좌에서도 오억, 칠억, 십억…… 총 이십이억이 단 한 달 사이에 빠져나간 흔적이 남아 있었다. 도영은 기란이 불법 도박에 빠진 것 같다는 의견을 전해주었다. 이 모든 사실을 확인한 미진은 충격에 말을 잇지 못했다. 나는 그녀를 조심스럽게 바라보다 상황을 있는 그대로 전달하며 마지막으로 말했다.

"미진 씨, 지금 가장 중요한 건 진실을 바로잡고, 더는 이 상황에 휘둘리지 않는 겁니다. 함께 해결해 나갈 수 있어요."

그녀는 사실을 믿고 싶어 하지 않았다. 괴로운 듯 고개를 저었다.

"미진 씨, 영호 씨는 여전히 미진 씨와 딸을 사랑하고 있습니다. 그가 바라는 건 단순히 돈이 아니에요. 그는 가족을 되찾고 싶어 합니다. 지금이라도 진실을 마주하고, 다시 가족으로 돌아갈 기회를 만들어보세요."

그녀는 고개를 숙인 채 한동안 침묵을 지켰다. 눈물이 한 방울씩 그녀의 손등으로 떨어졌다.

"제가…… 무슨 짓을 한 거죠……. 제가 너무 멀리 와버린 것 같아요."

나는 부드럽게 말했다.

"아직 늦지 않았습니다. 진실을 아셨으니, 이제 그걸 바탕으로 앞으로 나아갈 수 있을 거예요."

며칠 뒤, 기란은 검찰에 소환되었다. 그녀의 은행 계좌 내역은 모든 것을 말해주고 있었다. 동생 부부의 자금을 몰래 이체한 정황, 불법 도박 사이트로 송금된 거액, 심지어 사채까지 끌어다 쓴 흔적이 고스란히 남아 있었다. 특히 평소 빠져 있던 인터넷 스트리머에게 보낸 수천만 원대의 후원금은 보는 이의 마음을 무겁게 했다. 돈이 흘러간 곳은 다양했고, 파국을 향한 속도는 그만큼 가팔랐다. 처음엔 금방 갚을 수 있을 거라 여겼던 그녀는 도박의 늪에서 헤어나오지 못한 채, 점점 심해 속으로 가라앉았다. 불안과 공포에 잠식된 채, 더 무리하게 돈을 끌어다 쓰고, 더 무리하게 감췄으며, 결국 더 참담하게 무너졌다. 검찰 조사에서 드러난 정황은 거짓말처럼 정확하게, 그러나 너무나도 현실적으로 그녀를 벼랑 끝으로 몰아넣고 있었다.

법정은 그녀에게 불법 도박, 사기, 그리고 가족 간 신뢰를 악용한 갈취 혐의로 중형을 선고했다. 선고가 내려지는 순간, 기란의 눈빛은 텅 비어 있었고, 그녀는 마치 모든 것이 끝났음을 받아들이는 듯 고개를 떨궜다. 미진과 영호가 법정에 모습을 드러냈을 땐, 그녀는 고개를 숙였다. 가족을 향한 배신의 무게가 그녀를 짓누르고 있었다. 마치 모든 것이 끝났음을 받아들이는 듯했다.

법정 밖으로 나온 뒤, 미진과 영호는 한참 동안 말이 없었다. 그 둘에겐 아직 기란이 쓰지 못한 팔억이 남아 있었다. 묵직한 침묵이 두 사람 사이를 맴돌았다. 결국, 미진이 먼저 입을 열었다.

"언니가 이렇게까지 할 줄은 몰랐어. 나에게, 우리에게, 어떻게 이런 일을 할 수 있었는지 도무지…… 이해가 되지 않아."

그녀의 목소리는 흔들렸지만, 그 속엔 조금씩 올라오는 깨달음의 기운도 있었다. 영호는 그녀의 어깨를 가만히 감싸 안았다.

"때론 보지 못하는 진실이 더 깊고 더 진할 때가 있어. 우리가 서로를 향해 눈을 감아버렸던 그 시간들 속에서도, 우리의 진심은 어디에선가 계속 존재했을 거야. 지금 이렇게 다시 만난 것도, 그 진심이 길을 찾아낸 거라고 믿어."

그녀는 눈물을 삼키며 고개를 끄덕였다.

"이젠 믿을게. 나를, 당신을, 그리고 우리가 함께 만들 가정을."

그날 이후, 두 사람은 다시 일상의 자리를 되찾기 시작했다. 신은 꼭 감당할 수 있을 만한 불행과 기쁨을 준다. 끔찍했던 과거의 고통을 통해 그들은 다시금 믿음과 사랑의 가치를 되새겼을 테다. 이후 그 둘은 일확천금을 꿈꾸기보다 함께 땀흘려 버는 돈의 가치를 되새겼다. 팔억은 딸 은채를 위한 교육비와 노후자금으로 쓰기로 한 뒤, 그 둘은 열심히 삶을 일구어나갔다. 운영하던 안마소의 불빛은 저녁 늦게까지 환하게 켜졌고, 손님들은 늘 그곳을 따뜻한 안식처처럼 여겼다. 딸 은채는 부모의 사랑 속에서 환한 미소를 되찾아갔다.

8
황금빛 축복

황금빛 축복

"강경남 씨 따님 되시죠."

강. 경. 남. 잊고 살았던 이름 석 자가 다시금 떠올랐다. 다시금 심장이 뛰었다.

"네. 그런데요?"

전화선을 타고 흐르는 목소리는 낮고 차분했지만, 그 안에 담긴 이야기는 내 머릿속을 흩뜨려놓았다. 나는 아무 말도 할 수 없었다.

"산 정상 부근에서 사고가 나셨습니다. 발을 헛디뎌……."

아버지의 마지막은 서울로부터 꽤 멀리 떨어진 산기슭이었다. 뒤이어 들려온 단어들은 구름 속에 묻혀버린 것처럼 희미했다. 아버지가 사망했다는 말을 듣는 순간, 숨이 막혔다. 마음 한구석에선 이미 오래전부터 아버지를 잃은 것 같다고, 아니 죽었다 생각하며 지내왔었다. 몇 개월 전 즈음, 돈을 빌리기 위해 나를 찾아와 협박을 했던 사람이 하루 아침에 이렇게 죽을 수 있을까. 허망해 믿어지지가 않았다. 사인을 전달하는 경찰은 내가 듣고 있는지 확인했다. 우리 사이엔 끝없는 공백과 침묵만이 흘렀다. 하지만 아무 말도 할 수 없었다. 이렇게 갑작스러운 비보가 날아들 줄은 몰랐다. 전화기를 붙잡은 손이 떨렸다.

"어떻게…… 그럴 수가 있죠?"

입술이 겨우 떨어졌지만, 내 말은 질문이라기보다는 허공으로 흩어지는 혼잣말에 가까웠다. 목소리가 떨렸고, 가슴속 깊은 곳에서 무언가 무너지는 소리가 들리는 듯했다. 아버지의 마지막 순간을 상상해보았다. 외딴 산기슭, 발을 헛디뎌 추락하는 순간의 공포. 아무도 없는 곳에서 마지막으로 떠올렸을 사람은 누구였을까. 나였을까, 어머니였을까, 아니면 그가 끝내 이루지 못한 무언가였을까. 때는 십이월이었다. 평소 간단한 운동조차 싫어하셨던 아버지가 한겨울 스스로 산에 간 일은 우연은 아니었을 테고, 마지막 행보에 자신의 의사가 어느 정도 반영되어 있을 수도 있겠다는 합리적인 결론에 다다랐다. 어릴 때부터 저런 아버지라면 차라리 없는 게 더 낫다는 생각을 수도 없이 해왔다. 하지만, 실제 아버지의 죽음을 마주하니 마음이 황량했다.

전화를 끊고 난 뒤에도 한동안 움직일 수 없었다. 방 안에 드리운 그림자가 더 짙어진 듯했고, 창문을 통해 들어오던 햇빛조차 색을 잃은 것 같았다. 나와 어머니, 그리고 도영은 조용히 장례를 치렀다. 사람들에게 일부러 알리지 않았다. 빈소는 고요했다. 그저 마지막만큼은 네 가족이 잠시라도 함께 있고 싶었다. 우리 셋은 꼭 죽지 않을 만큼 울었고, 다시 각자의 자리로 돌아갔다.

 이상했다. 장례를 치르고 온 뒤로 황금빛 인면어에 대한 열망은 어느새 나의 삶을 집어삼켰다. 꼭 한 번 다시 만나고 싶었다. 그 생물체의 강렬한 첫 만남이 머릿속을 떠나지 않았다. 일하면서도 가끔 그 순간이 생각나 손에 잡히지 않았다. 밤마다 꿈속에서도 그 빛나는 존재를 찾아 헤매다 깨어나곤 했다. 매번 아슬아슬하게 손에 닿을 듯하지만 결국 실패로 끝나는 꿈. 그렇게 나는 황금빛 인면어와의 재회를 열망하며 점점 깊은 집착으로 빠져들었다. 나를 보고 유유히 헤엄쳐 오던 그 모습, 나와 맞닿은 뒤 내게 엄청난 능력을 선사하고 웃음을 지어 보이며 돌아가던 그 황금빛 인면어의 모습.

 "잠깐, 잠깐만!"

 꿈속에서 긴박하게 외치다 번번이 깨어난다. 손끝이 떨리고 땀이 맺힌 이마를 닦아내며 현실로 돌아오곤 했다. 그러나 마음은 계속 과거로 향했다. 황금빛 인면어를 만나, 직접 만져보았을 때 소름을 돋게 만들던 그 찌릿하고 강렬한 첫인상. 이번에는 과거를 볼 수 있는 능력이 아닌, 또 다른 능력을 받을 수 있지 않을까? 욕망은 갈수록 커져만 갔다. 남편 명우는 점점 말라가는 나를 걱정했다. 그의 얼굴에는 근심이 가득했다.

 "요즘 무슨 걱정이 많아요? 한동안 얼굴이 편해 보여서 좋았는데, 요샌 예전처럼 돌아간 것 같아요."

 그의 말에 나는 고개를 끄덕이며 짧게 대답했다.

"미안해."

 명우가 나를 걱정한다는 것을 알면서도, 마음 한구석에서는 그를 안심시키는 것보다 황금빛 인면어를 다시 찾아야 한다는 강박이 커져만 갔다. 주로 깊은 호수나 신비로운 바다에 서식한다는 인면어의 습성에 따라 주말이면 전국 방방곳곳을 돌았다. 일을 핑계로 사무실을 빠져나와 강으로, 수족관으로, 과거의 기억이 떠오르는 곳들을 배회하기 시작했다. 일보다 그 인면어를 찾는 일에 혈안이 되어 있었다.

 인면어가 많이 있다는 강에 들어가 바지를 걷어 올리고 발끝을 물속에 담가보기도 했다. 가끔 인면어가 출몰한다는 버려진 댐 근처에도 찾아갔다. 근처에는 콘크리트, 버려진 쇠파이프 잔해가 나뒹굴었고, 겨우 댐에 가까이 갈 수 있었다. 바위 위로 몸을 기울여 물길을 살폈다. 그러나 찰랑거리는 메기가 재빠르게 옆을 지나갈 뿐, 황금색 인면어는 보이지 않았다. 인면어 탐정 일과는 별개로 과거 맡았던 사례들이 모두 승소에 이르자, 소문이 퍼져 변호사 사무소는 점점 바빠졌다. 사무소는 이제 더 이상 처음 문을 열었을 때, 몇 평 남짓했던 소박한 모습이 아니었다.

 옆 사무실까지 확장해 규모를 쌓아나갔고, 벽에는 오래된 판결문들과 감사패들이 새롭게 걸려갔고, 책장에는 무게감 있는 법률 서적들이 한 권 한 권 빈틈없이 채워졌다. 사무소는 많은 사람의 바쁜 발걸음과 어우러져 역동적인 에너지를 품고 있었다. 몇 년 새 이뤄낸 변화를 보며 뿌듯함도 느꼈지만 동시에 허탈함과 공허함이 같이 찾아왔다. 이제 난 뭘 보고 달려가야 하지? 문득 이런 물음이 마음의 수면 위로 드러났다.

"저도 꼭 변호사님처럼 성공하고 싶습니다."

면접을 보러 온 신입 변호사의 눈동자에는 열정과 희망이 가득했다. 그의 목소리에는 단단한 결의가 느껴졌고, 손에 든 서류는 새로움과 가능성으로 가득 차 있었다. 그 모습은 마치 과거의 나를 보는 듯했다.

하지만 이상하게도, 그 뜨거운 에너지는 내게 닿지 않았다. 신입 변호사의 눈빛은 분명 선명하고 강렬했지만, 내 안의 불꽃은 더 이상 타오르지 않았다. 예전 같았으면 그의 열정에 자극을 받아, 내 가슴속에서도 오래 잠들어 있던 무언가가 다시 깨어났을 텐데. 하지만 지금은 아니었다. 회사가 성장하면서 업계에서의 입지도 단단해졌고, 이혼 전문 변호사로서 이름을 알리며 양육비 소송 분야에서도 좋은 평판을 얻었다. 하지만 그 모든 성취 속에서도, 나는 이상하리만치 공허했다.

무언가 다른 세계를 갈구하고 있었다. 인면어. 그 존재를 다시 찾게 된다면, 무언가 달라질 것 같았다. 한때 나에게 특별한 능력을 부여했던 그 생명체. 다시 만날 수만 있다면, 내 삶에도 또 한 번의 전환점이 찾아올지 모른다는 생각이 들었다. 해결되지 않은 응어리 같은 감정. 그 실체조차 알 수 없는 어둠이, 어쩌면 조금은 풀릴 수 있을 것 같았다.

똑. 똑. 그러던 어느 날, 낯익은 사람이 사무실로 찾아왔다. 저 실눈. 저 오묘한 눈빛. 어디서 분명 본 적이 있었다. 그는 과거 수족관 앞을 지키던 경비 아저씨였다. 메기처럼 넙데데한 얼굴에 벙거지 모자를 깊게 눌러쓴 모습이 여전히 기억 속 그대로였다. 그는 천천히 다가와 축축한 목소리로 말했다.

"왜 그렇게 과거에 매달리시나요? 정말, 황금빛 인면어를 만나면 다 해결될 거라고 생각하는 것인가요. 당신의 지금 역시 또 다른 집착과 탐욕일 뿐인걸요."

나는 놀라서 그의 말을 되묻고 싶었지만, 그는 내 시선을 똑바로 바라보며 묘한 힘을 가진 눈빛으로 나를 응시했다. 그 순간, 눈부처가 떠오르듯 내 머릿속에는 어린 시절의 기억이 파노라마처럼 스쳐 지나갔다. 어디선가 축축한 비린내가 코끝을 감싸고 돌았다.

아주 어릴 적, 가족과 함께 유일하게 떠났던 여행 풍경이 그려졌다. 낯설었지만 기시감이 느껴졌다. 지금은 기억조차 잘 나지 않는 풍경이었다. 무의식 속 나는 이때의 모습을 계속 간직해왔던 것일까? 수족관 앞에서 아버지와 나란히 서서 유리를 사이에 두고 커다란 붕어를 바라보던 순간. 그때의 나는 온전히 행복했다. 어느덧 내 눈엔 눈물이 고여 있었다. 아버지는 그 시절에는 술도 자주 마시지 않았고, 완벽주의자로서의 강박이 지금처럼 심하지 않았다.

하지만 시간이 흐르며 그는 집안 어른들과 주변 사람들에게 모멸

감과 상처를 받아가며 점점 변해갔다. 개천에서 용 난 결점을 극복하기 위해 그는 더 독해지고, 강해져야만 했다. 함께 있지 못한 시절 속의 풍경이 지나가며 그를 조금은, 아주 조금은 이해할 수 있을 것 같았다. 그렇다고 그가 가족들에게 행사한 폭력을 정당화할 수는 없지만. 누군가를 향한 끝없는 미움과 분노는 결국 자신을 갉아먹는 것임을 알려주는 것만 같았다.

나는 천천히 가슴 깊이 숨을 들이쉬었다. 그리고 너 안에 자리 잡고 있던 아버지에 대한 미움과 원망을 조심스럽게 놓아주기로 했다. 그 감정은 오랫동안 나를 움직이는 원동력이 되어주었다. 아버지에 대한 분노는 내가, 나 자신을 증명하려는 의지가 되었고, 그렇게 살아가는 힘이었다. 하지만 이제는 더 이상 그 힘에 의존하지 않아도 된다는 걸 깨달았다.

그 미움을 놓아주는 대신, 나는 다른 원동력을 찾기로 했다. 사랑과 이해, 그리고 나 자신을 위한 마음. 아버지에 대한 원망은 이제 과거의 그림자로 두고, 앞으로는 새로운 힘으로 살아가야겠다고 다짐했다. 나는 과거와 화해하는 길 위에 서 있었다. 그리고 그 길은 나를 조금 더 자유롭고 가벼운 내일로 데려다줄 것임을 믿었다.

휘이잉. 이내 어머니의 방으로 시공간이 바뀌었다. 눈앞에 펼쳐진 풍경은 따뜻하고 정겨웠다. 졸혼 이후 이사한 어머니의 소박한 집은 오래된 나무 향과 어머니 특유의 은은한 꽃차 향기로 가득 차 있었다. 햇살이 창가로 부드럽게 스며들어 방 안을 따스하게 채웠고, 커

틈 아래로 살짝 흔들리는 바람이 평화로움을 더했다.

한쪽 벽에는 손때 묻은 책장과 함께 깔끔하게 정리된 어머니의 작은 수집품들이 자리하고 있었다. 그 옆으로는 어머니가 최근에 시작한 취미인 수묵화 도구가 가지런히 놓여 있었다. 잘 갈린 먹물의 윤기가 배어 나오는 벼루와 붓, 그리고 그 위에 살짝 놓인 베이킹 레시피 노트가 어머니의 새로워진 일상을 보여주었다. 방 한구석, 낮게 놓인 서랍장에서 어머니가 조심스레 오래된 앨범을 꺼냈다. 앨범의 표지는 세월의 흔적으로 닳고 빛이 바랬지만, 손때 묻은 모서리는 그 속에 담긴 추억의 깊이를 보여주고 있었다.

그녀는 조심스레 앨범을 펼쳐 어린 시절 나와 남동생 도영의 사진을 한 장씩 넘겨보았다. 사진 속의 나는 유치원 발표회에서 연주하며 환하게 웃고 있었다. 어머니는 그 사진을 손끝으로 쓰다듬으며 미소 지었다.

"참 열심히 준비했었지. 저 작은 손으로 피아노를 얼마나 연습했을까."

그녀는 사진을 들여다보며 어린 내 머리카락을 빗겨주던 그 순간을 떠올렸다. 이어지는 페이지에는 도영의 사진이 있었다. 초등학교 운동회에서 도영이 달리기 시합에서 우승한 사진이었다. 그의 얼굴에는 땀방울이 맺혀 있었지만, 손에는 소중히 들고 있는 메달이 빛나고 있었다. 어머니는 살짝 눈시울이 붉어지며 혼잣말을 했다.

"그 메달, 얼마나 자랑스러워하던지. 밤새도록 품에 안고 잤지."

그리고 TV에 출연한 내 법률 자문 장면, 도영이 주요한 범죄 수사 과정에서 자문하는 인터뷰 장면을 되찾아보는 장면이 이어졌다. 나는 그들의 과거에 잠시나마 머물며, 내가 무엇을 회복하고 싶어 하는지, 무엇을 잃고 싶지 않아 하는지, 무엇을 찾아 헤매는지 깨달았다. 나는 눈물을 흘리며 정신을 차렸다. 눈앞에 경비 아저씨는 사라진 채였다. 나는 사무소 내부를 천천히 둘러보았다. 사무실 문을 벌컥 열고 나섰다. 식물에 물을 주던 비서가 깜짝 놀라 눈을 동그랗게 뜨며 나를 바라보았다.

"양 비서, 혹시, 아까 내 사무실에 들어왔던 분, 어디로 나갔는지 봤어요?"

내 급한 물음에 비서는 잠시 멈칫하더니 고개를 갸웃거리며 대답했다.

"변호사님, 오늘 안내해드린 분이 없는데요. 나가신 분도 없었고요."

그 말을 듣는 순간, 나는 불현듯 어리둥절해졌다. 파티션으로 나뉜 다른 변호사들과 직원들이 내가 묻는 소리를 듣고 잠시 손을 멈춘 채 의아한 표정으로 나를 바라봤다. 나는 그들의 시선을 뒤로하고 천천히 사무실로 돌아와 문을 닫았다.

털썩 의자에 앉아 책상에 팔을 기대며 깊은 숨을 내쉬었다. 정말 내가 헛것을 본 걸까? 방금까지 생생하게 느껴졌던 그 존재가, 그 묘한 분위기가 단지 착각이었단 말인가?

그때였다. 시선을 떨구던 내 눈에 무언가 반짝이는 것이 들어왔다. 바닥 위에서 금빛으로 빛나는 작은 비늘 한 개. 그것은 마치 이질적인 존재가 여기에 있었다는 흔적처럼, 확실하게 내 앞에 놓여 있었다. 나는 비늘을 손에 들고 바라보았다. 손끝에서 느껴지는 차가운 금속의 달갑지 않은 감촉이 현실처럼 다가왔다. 그것은 결코 착각이 아니었다. 차가운 그것을 만지면서 생생했던 아까의 장면을 떠올렸다. 문득 변호사 사무소를 운영하며 인면어를 찾겠다는 집착에 빠져 나의 일에만 매달리느라, 정작 어머니를 제대로 돌보지 못했다는 생각이 들었다. 졸혼 이후 마음이 공허했을 그녀를 배려하지 못한 시간이 떠올라 미안함이 밀려왔다. 나는 주저 없이 어머니에게 전화를 걸었다. 뚜우우…… 뚜우우…… 신호음이 이어지던 끝에, 어머니가 전화를 받았다.

"여보세요?"

어머니의 그 목소리는 평소와 다름없이 차분했지만, 내게는 왠지 낯설게 느껴졌다. 나는 잠시 망설이다가 입을 열었다.

"저예요. 도희요."

"아, 도희야. 웬일이니? 일이 바쁠 텐데."

그녀의 목소리는 여전히 평온했지만, 그 속에 절절한 외로움이 느껴졌다.

"그냥…… 어머니 생각이 많이 나서요. 너무 오랜만에 연락드린 것 같아서 죄송해요."

말을 꺼내는 순간, 나도 모르게 목소리가 떨렸다.

"아니야, 괜찮아. 그간 그래도 안 서방이 자주 집에도 찾아와주고 도희 근황도 전해주었어."

명우가? 나는 또 한 번 놀랐다. 함께 있지 못하는 동안에도 명우는 꾸준히 어머니를 찾아와 안부를 묻고, 외로움을 덜어주는 벗이 되어 있었다. 그 사실을 알게 되자 새삼 명우에 대한 고마움이 가슴 깊이 밀려왔다. 바깥을 보니 눈이 펑펑 날리고 있었다. 어머니가 갓 지은 쌀밥처럼 쌀알이 눈앞에서 휘날리고 있었다. 집밥이 먹고 싶었다. 도란도란 어머니와 이야기를 나누고 싶었다.

"어머니, 지금 집으로 갈게요."

내가 말을 마치자, 잠깐의 침묵이 흘렀다. 그리고 그녀가 조용히 대답했다.

"그래, 도희야. 기다릴게. 천천히 와."

언제든 그 자리에서 나를 기다리고 있는 어머니. 나는 가슴에 손을 얹었다. 어머니의 그 대답에 나는 마음 한구석이 따뜻해지는 것을 느꼈다. 전화를 끊은 뒤에도 한참 동안 휴대폰을 들고 있었다. 그녀와의 시간을 더 이상 미루지 않기로 했다. 앞으론 내가 그녀를 위해 더 많은 시간을 내고, 더 많이 사랑해야겠다고 다짐하며

엄마와의 시간을 보내고 저녁 늦게 집에 도착했을 때, 명우는 거실 소파에 홀로 앉아 있었다. 낮게 드리운 스탠드의 불빛 아래 그는 조용히 책을 읽고 있었지만, 책장 넘기는 손길은 어딘가 멈칫거렸다.

내가 방으로 들어서는 소리를 듣고 고개를 들어 나를 바라보았다. 그의 눈빛에는 안도와 걱정이 동시에 담겨 있었다. 나는 천천히 다가가 그의 옆에 앉았다. 한동안 아무 말 없이 그를 바라보다가, 조심스레 입을 열었다.

"그동안 혼자 걱정하게 해서 미안해."

그 말에 명우는 책을 덮고 나를 바라보며 고개를 저었다.

"괜찮아요. 요새 많이 힘들었죠?"

나는 그의 손을 잡았다. 따뜻한 온기가 손끝으로 전해졌다.

"내가 너무 집착했어. 그걸 알아채는 데 시간이 걸렸어. 당신이 나를 걱정할 만큼, 나 자신도 돌보지 못했던 것 같아."

그 말을 들은 명우는 잠시 침묵하더니, 깊은숨을 내쉬며 입을 열었다.

"당신은 내가 생각했던 것보다 더 단단한 사람이에요. 분명 다시 돌아올 거라고 믿고 있었어요."

그의 말에 나는 고개를 숙였다.

"고마워, 명우야. 그리고 정말 미안해. 이제부터는 당신 곁에서 다시 나답게 살아갈게."

명우는 가만히 웃으며 나를 바라보았다. 마치 모든 것이 괜찮아질 거라는 예언처럼. 그의 옆에 앉아 그의 손을 꼭 잡고 있는 이 순간, 나는 비로소 마음속에 자리했던 무거운 짐이 서서히 가벼워지는 것을 느꼈다. 며칠 후, 나는 오랜만에 시댁을 찾기로 했다. 아버님과의 대화가 절실했다. 분명 현명한 분이시니 혜안이 있으실 거라는 생각이 들었다.

"이번엔 나 혼자 다녀오고 싶어."

명우의 배려로 주말 아침 일찍 출발해 시댁으로 향했다. 어머님과 아버님은 몇 년 전 은퇴 이후, 한남동의 아파트를 매매하고, 자연이 가득한 곳에 개인 주택을 지어 이사를 가셨다. 시댁은 커다란 도시와 멀리 떨어진 작은 마을에 자리하고 있었다. 산자락에 안긴 조용한 집은 언제나 평화로움과 따뜻함을 안겨주는 곳이었다.

마당에는 대추나무와 감나무가 줄지어 서 있었고, 그 사이로 낡은 우물이 보였다. 우물가에 앉아 있던 시어머니는 반갑게 손을 흔들며 우리를 맞이했다. 시아버지는 텃밭에서 호미질하다 우리가 온 것을 보고 천천히 몸을 일으켰다. 그의 손에는 막 뽑은 싱싱한 무가 들려 있었다.

"오랜만이구나. 들어가서 앉으렴."

그의 목소리는 낮고도 묵직했다. 집 안으로 들어서자 나무 바닥의 온기는 마치 자연 속에 안긴 듯한 편안함을 느끼게 했다. 안방 창가에는 햇살이 부드럽게 내려앉아 있었고, 작은 탁자 위에는 시어머니가 직접 손질한 차가 올려져 있었다. 차의 은은한 향이 방 안 가득 퍼졌다. 나는 잠시 이 평화로운 분위기에 몸을 맡겼다.

차 한 잔을 다 마시고 나서야, 나는 조심스럽게 이야기를 꺼냈다. 황금빛 인면어를 찾아 헤매고 있다는 이야기를 꺼내기는 어려웠다.

대신, 과거의 기억과 집착으로부터 벗어나지 못하고 있는 나의 마음을 고백했다. 시아버지는 조용히 내 말을 들으며 고개를 끄덕였다.

"세상에는 찾고자 하는 것을 찾을 수 없는 경우가 더 많단다. 하지만 그게 꼭 나쁜 것만은 아니야."

시아버지는 한동안 말없이 차를 음미하더니, 천천히 말을 이었다.

"사람의 욕망이라는 건, 채워도 채워지지 않는 경우가 많지. 지나간 것에 연연하다 보면, 지금 네 앞에 있는 것들을 놓치게 될 수도 있어. 중요한 건 마음을 비우고 현재에 집중하는 법을 배우는 거야. 마음을 비운다는 건 단순히 포기하는 게 아니라, 네 안의 무언가를 새로운 것으로 채울 여유를 만드는 일이기도 하지."

그는 잠시 창밖을 내다보았다. 작은 텃밭의 채소들은 겨울 햇살 아래에서도 싱싱하게 자라고 있었다.

"저 텃밭도 그렇잖니. 땅이 비워져야 새 씨앗을 심을 수 있고, 그래야 또 자라나는 거야. 네가 과거에 받았던 상처나 기억도, 언젠가는 비워내야 새로운 무언가가 자리를 잡을 수 있을 거야. 너 자신을 위해, 그리고 네 곁에 있는 사람들을 위해서 말이다."

나는 그의 말에 고개를 끄덕이며, 눈가에 고인 눈물을 닦아냈다. 그는 말을 마치고는 다시 텃밭으로 향했다. 작은 풀 한 포기를 뽑는 모습조차도 그의 말처럼 단순하고 자연스러워 보였다.

"새아가, 이리 좀 와서 보렴."

시어머니가 입에 미소를 머금은 채로 유리 너머에서 손짓했다. 나는 천천히 밖으로 나갔다. 벌써 그녀의 바구니에는 텃밭에서 딴 야채와 과일이 한가득이다. 그녀를 도와 텃밭에서 야채를 하나씩 따다 보니, 손끝에서 느껴지는 흙의 보드라운 감촉과 풀냄새가 묘하게 마음을 차분하게 만들었다. 싱그러운 오이와 방울토마토를 조심스럽게 따서 바구니에 담을 때마다 땀이 이마를 타고 주르륵 흘렀다. 햇살은 뜨겁게 내리쬐었지만, 오히려 그 열기 속에서 마음은 점점 더 청명해지고 맑아지는 듯했다. 잎사귀 사이로 보이는 작은 벌레들과 함께 숨쉬는 이 텃밭은 단순한 공간이 아니라 자연과 하나가 되는 순간을 선물해주는 곳이었다. 손에 묻은 흙과 땀이 불편하기보다는 오히려 생명의 연결고리를 확인하는 느낌이 들었다. 한숨 돌리고 하늘을 올려다보자 푸른 하늘 사이로 흘러가는 구름이 보였다. 왜 시부모님이 비싼 서울 집을 팔고, 터전을 옮겼는지 알 것만 같았다.

텃밭에서의 짧은 시간이었지만, 그 안에서 느낀 평화와 정돈된 마음은 도시에서의 복잡하고 혼란스러웠던 생각들을 잠시나마 잊게 해주었다. 야채를 하나둘 따면서 내 안에 쌓여 있던 두꺼운 감정들이 조금씩 덜어지는 듯했다. 손에 들린 바구니가 점점 므거워질수록 마음은 더 가벼워지고 있었다.

그날 오후, 나는 시부모님과 함께 감나무에서 잘 익은 감을 따 먹으며 노을을 바라보았다. 어디선가 희고 깨끗한 바람이 불어오는 듯했다. 마음 한구석에서 더 이상 황금빛 인면어를 찾아 헤매지 않아도 된다는 작고 단단한 다짐이 싹텄다. 집착과 욕망을 내려놓는 것도,

삶의 또 다른 축복일 수 있다는 깨달음이 희미하게 내 안에 자리 잡기 시작했다. 몸이 축 처지고 눈꺼풀이 자연스레 감겼다. 마당에 설치된 그네에 앉아 까무룩 잠에 빠져들었다.

마당에는 시어머니가 정성스레 가꾼 연못이 고요히 자리하고 있었다. 잔잔한 물결 위로 햇살이 부드럽게 내려앉아 윤슬을 만들어냈다. 연못의 잔잔한 표면이 마치 황금빛 비단처럼 은은하게 빛나고 있었다. 나는 천천히 발걸음을 옮겨 연못 가까이 다가갔다. 찰랑. 그 순간, 물속에서 무언가 움직이는 것이 눈에 들어왔다. 그것은 황금빛으로 찬란히 빛나는 인면어였다. 물 위로 반사된 햇살과 어우러져 그 존재는 마치 꿈속에서나 볼 수 있는 장면처럼 비현실적이었다. 나는 믿기 어려운 마음에 두 눈을 깜빡이며 연못을 다시 들여다보았다. 그러나 그것은 분명히 내 눈앞에 있었다.

인면어는 유유히 헤엄치며 나를 바라보았다. 깊고도 묘한 눈빛이 마치 나를 꿰뚫어 보는 듯했다. 그 눈빛 속에는 따뜻함과 함께 알 수 없는 힘이 깃들어 있었다. 그 순간, 가슴 한구석에서 오래도록 응어리져 있던 불안과 공허함이 서서히 녹아내렸다.

인면어와 눈이 마주친 찰나, 나는 그를 몽롱하게 바라보았다. 연못 위로 부드러운 빛이 번지더니 주변의 공기가 갑자기 맑아지는 것 같았다. 바람이 살짝 스치며 연못 가장자리에 심어진 풀들이 흔들렸다. 그 모든 순간이 고요하고 평화로웠지만, 내 안에서는 마치 커다란 종이 울리는 듯한 떨림이 있었다.

그 강렬한 떨림 속에서 나는 무언가를 깨달았다. 인견어는 천천히 연못 아래로 잠기며 물결을 남겼다. 그 물결은 점점 더 넓게 퍼져나가며 연못 전체를 감쌌고, 그 잔잔한 움직임이 마치 축복처럼 느껴졌다. 온몸을 휩싸는 강렬한 기운이 내 안에 스며드는 듯했다. 심장이 뛰었고, 시간과 공간이 멈춘 듯했다. 주변의 공기가 진동하는 기분이었다. 더 이상 두려워하거나 경계하지 않아도 될 것 같은 기분. 이 강렬한 힘은 내가 평생 갈망하던 어떤 것에 대한 응답인 듯싶었다. 모든 슬픔과 염오가 저절로 달아나버린 뒤, 나는 오랜만에 개운한 마음으로 서울로 돌아왔다. 여느 때처럼 사무실 문을 열었다. 익숙한 공간과 공기가 반갑게 느껴졌다. 무언가 달라진 것 같았지만 그게 뭔지 알 수 없었다. 비서는 여느 때처럼 정확한 태도로 내게 보고를 시작했다.

"이번 의뢰인이 꼭 대표 변호사님께 상담받고 싶다고 당부하셨습니다."

나는 정장 앞섶을 다시금 빳빳하게 세웠다. 비서에게 가볍게 고개를 끄덕이고 안쪽 상담실로 들어섰다. 책상 앞에는 앳된 얼굴의 여성이 앉아 있었다. 둥근 얼굴에 선하고 여린 눈매, 그녀는 손에 들고 온 자료를 조심스럽게 정리하며 내 앞에 놓았다.

"안녕하세요. 저는……."

그녀의 목소리는 약간 떨렸지만, 담담한 진심이 느껴졌다. 나는 천천히 그녀의 이야기에 귀를 기울였다. 그녀가 들려주는 사연에는 불안과 희망, 그리고 작은 용기가 담겨 있었다. 상담이 진행되며 나는 한 가지를 깨달았다. 눈부처는 더 이상 나타나지 않았다. 그동안 의존하던 강렬한 힘의 흔적은 느껴지지 않았다. 그러나 그것이 내게는 오히려 안도감을 주었다. 나는 이제 더 이상 눈부처나 황금빛 인면어의 능력을 빌리지 않아도 괜찮으니. 상담을 마친 후, 나는 그녀를 응시하며 부드럽게 말했다.

"걱정하지 마세요. 최선을 다해보겠습니다."

그녀는 살짝 눈물을 글썽이더니 고개를 숙였다. 그리고 조용히 상담실을 나갔다. 나는 속으로 다짐했다. 진심은, 반드시 눈에 보여야만 하는 건 아니라고. 보이지 않는다고 해서 존재하지 않는 것은 아니니까. 이제는 눈앞의 사실만으로 진실을 판단하는 것을 넘어서, 진정으로 마음의 눈을 길러야 할 때다.

사무실에서 나와 차에 올라탄 나는 잠깐 멍하니 창밖을 바라보았다. 양 비서는 내가 무언가 이상하다는 것을 느꼈는지 걱정스러운 표정으로 나를 살폈다. 갑작스러운 헛구역질이 밀려와 나는 가슴을 누르며 숨을 골랐다. 비서가 당황해 내게 다가왔다.

"변호사님, 괜찮으세요?"

나는 숨을 가다듬으며 가방에서 휴대폰을 꺼냈다. 그리고 달력을 열어 날짜를 확인했다. 생리 예정일이 한참 지나 있었다. 비서는 내 표정을 읽더니 아무 말 없이 밖으로 나가더니 곧 여러 개의 임신 테스트기를 사 들고 돌아왔다. 그녀가 건넨 물건을 받아든 나는 잠시 혼란스러웠다. 잠시 뒤, 내 앞에 놓인 여러 개의 테스트기는 모두 선명한 두 줄로 변했다. 나는 그것이 무엇을 의미하는지 서서히 깨닫기 시작했다. 내 삶의 또 다른 변화가, 새로운 시작이 다가오고 있음을. 명우에게 전화를 걸었다.

    새 생명이 내 뱃속에 있다는 걸 알게 된 밤, 우리는 마치 처음 결혼을 약속했던 그날처럼 서로를 빈틈없이 끌어안았다. 따뜻한 숨결이 스며들며, 가슴 가득 차오르는 행복이 우리를 감싸 안았다. 거실 창가에 놓인 전신거울에 자연스레 시선이 머물렀다. 경우의 품에 안긴 내 모습이 거울 속에 비쳤다. 그 순간, 내 얼굴에 가득한 웃음이 눈에 들어왔다. 이토록 얼굴 가득 만연해진 웃음은 처음이었다. 입꼬리와 함께 눈에 주름이 지어지며, 볼 주변의 근육이 부드럽고 조화롭게 움직이고 있었다. 오래도록 감정을 표현하지 못했던 내 얼굴에 생긴 뜻밖의 변화였다. 살아가며 표정으로 내 감정을 드러낼 수 없으리라 믿었고, 특히 내 배로 품어 낳은 아이에게 웃음을 보여주지 못할 거라는 두려움이 늘 마음속에 자리 잡고 있었다. 어디에도 속하지 못하고, 누구와도 완전히 연결되지 못한다는 감각은 늘 내 안에 공허한 이방인의 그림자를 드리웠다. 하지만 지금, 거울 속의 나는 달랐다. 기적처럼 다시 만난 황금빛 인면어, 그 생명체가 내게 준 진짜 선물이 무엇이었는지 이제야 완전히 깨달았다. 그것은 특별한 능력이 아니라, 내 안의 상처를 끌어안고도 스스로를 믿을 수 있는 강인한 마음이었다. 생의 치유였다. 감격스러운 마음에 뜨거운 눈물이 흘러내렸다. 이제는 삶의 서사를 조금씩 채워나가도 좋겠다. 그 첫 문장은 이렇게 시작된다.

  비늘을 벗는다는 건, 내게 특별한 의미다.

발문

  '황금빛 인면어'가 상징하는 것? 사람의 얼굴을 한 황금색 물고기를 찾습니다. 누구나 저마다 가슴 속에 무언가를 두고 있네. 그것을 찾고 싶다. 인면어(人面魚)는 강도희 변호사에겐 궁극적 평화—평정(apatheia)에 도달하게 하는 힘이었다. '비늘'을 벗는 일이었다; 저마다의 인면어는 가까운 곳에 있네. 댐, 깊은 강, 먼바다가 아닐세. '난로'(라캉의 '도둑맞은 편지' 비유; 주이상스) 위에, 가까운 수족관 아니면 어머니의 연못에 있었네; 소설의 백미는 강도희 변호사가 상대방 '눈부처'를 통해 그 사람 그 사건 그 이야기를 풀어낼 때다. [강 변호사는 눈부처에서 상대방 쪽의 과거 현재 혹은 미래를 보는 초능력자다]

  '객체들의 민주주의'가 언제부터인가 세계를 유령처럼 떠돌고 있다. 인간도 객체의 일부로서 그들과 함께 있다. '그들'은 태초의 중성미자 전자 글루온 광자. 혹은 어린선이고, '의뢰인들' 유정 보영 영찬 연화 유진 강남 피부과의사 영호 미진 등이고, 감정무표정증(affective facial palaysis)이고, 우울증 불안장애 ADHD 마약성진통제 레스토랑 감옥 등이다.

  '발견' 위로 충격 진실 아픔 절망 등이고, 비늘 인면어 수족관 연못이고, 무엇보다 '일부' 외계인인 도희가 포함된다. '누구나의 비늘'은 상처 같은 것. 그리고 인면어는 상처를 벗기는 궁극적 객체(?). 인면어는 외계 존재 같은 건지 모른다. 우리는 모두 상호 에일리언이다. 그렇지 않은가? 소설『비늘』에 등장하는 인물들은 강도희에게 에일리언들이다. 이해할 수 없는 에일리언들이다. 강도희도 그들에게 에일리언일 것.

    전세계적으로 SF소설이 대세가 되어갈 때 이것은 그동안의 인류중심주의의 종말을 알리는 신호탄이다. 객체들, '사물들의 우주'가 등장한다. 소설『비늘』에서 특히 눈부셨던 것은 변호사 도희가 상처들에 휩싸인 여러 사건 의뢰인들의 비늘을 벗겨주려는 눈물겨운 정성이다. 이때 도움은 대개 (외계 존재의 능력 같은) '눈부처'에서 온다.

    연민이 장편『비늘』의 중요한 관전 포인트다. 연민은 실재(realism)다. 연민은 '과도할 정도'의 연민이다.『비늘』의 화자가 가진 연민과, 청중이 소포클레스의 '오이디푸스'에 대해 갖는 연민이 다르다.『비늘』은 그리스인의 과도한 연민을 배설시키게 함으로써 인생을 살만하게 한다는, 아리스토텔레스적 '카타르시스' 영토에 있지 않다. 이수현 작가의 세계관이 반영된『비늘』은 독자를 향해 지속적으로 연민을 호소한다. 도희의 연민이 독자에게 이전된다. 소설『비늘』은 그러므로 독자들로 하여금 일상생활에서 연민을 자주 일으키게 해야 한다는 '레싱'의 계몽주의 예술론의 영토에 있다. 예술의 장면 장면은 동고 연습이어야 한다. 동고가 부족한 독자에게 '동고' 선물을 계속 안겨야 한다.『비늘』은 (8장으로 구성된) 연민의 파노라마이다. 물론 자기연민을 중요하게 포함한다.

    이수현 작가는 여러 사건 및 케이스를 통해, 화자인 여성 변호사 '나'와 나의 주변 인물들을 통해 연민(憐悶, compassion, sympathy, empathy, Mitleid, affect, pathos)에 계몽주의적 역동성 ― 능동성을 넘어 형이상학적 의미를 부여했다. 연민은 동정이나 공감 차원을 넘어 같이 아파하는 것. 연민은 격정이며, 그러므로 동-고(同-苦, Mit-leid)였다. 이웃의 고통이 나의 고통이 되어 나를 데굴데굴 구르게 한다. 프랑스의 '시몬 베유'가 생각난다. 화자 강도희가 동고의 화신이다.

결정적인 것은 '비늘'과 '황금빛 인면어'의 형이상학이다. '비늘'의 중층적—다층적 의미 부여를 통해, 소설 장면 장면마다에서 독자들은 '동고로서의 연민'이라는 감정을 요청받는다. 요청이므로 '요청의 형이상학'이다. 『비늘』은 사회적 소설을 넘어 '형이상학 소설'이 된다.

그러므로 구원의 가능성이다. 개인 강도희의 구원, 그리고 강도희에 의해 고통의 나락에서 벗어난 자들의 구원이다. 동고적 연민은 과도해야 하고, 우리는 되도록 많이, 과도(過度)하게, 그것에 합류해야 한다. 지구 차원의 여러 고통이 그것을 요구하고 있다. 동고에도 등급이 있다. 최고로 같이 아파할 줄 아는 인간이 최고의 인간이다. 이 말은 계몽주의의 격률이기도 하고, 이수현 소설 『비늘』의 격률이기도 하다. 최고의 인간이 되자. 최고도로 같이 아파하자. 우리는 우주적 차원이 아닌, 행성적 차원의, 그것도 수킬로미터 상관에 있는 임계지역(critical zones), 곧 생물막(biofilm)에 옹기종기 살고 있다. 영원하지도 않다. 있을 때 서로 아파하자 : 이수현의 최종 메시지다. 동고(同苦) 그 자체가 구원이다. 인면어는 사람의 얼굴을 한 이웃, 사람의 얼굴을 한 사회 및 세계에 대한 상징이었다. 저마다 황금빛 인면어를 간직하고 있네. 찾으시고, 또 도달하시게나.

박찬일

발문

　이 소설은 숱한 폭력의 출발지에 가정이 있으며, 숱한 상처의 근원에 가족이 있음을 새삼 일깨운다. 일차적이고 근원적인 폭력의 현장임에도 바깥에서 함부로 끼어들거나 도와줄 수 없는 곳. 그곳이 가정이라면, 그것이 또 가족이라면, 가족이라는 이름으로 자행되는 온갖 폭력은 필연적으로 되풀이와 대물림의 상처를 남긴다. 가장 큰 상처는 아이들이 입는다. 가장 깊은 상흔을 남기는 이 폭력의 후유증을 소설에서는 '비늘'이라는 말로 대신한다. 아버지에게 버림받으면서 생긴 어린 정아의 비늘 같은 피부. 역시 아버지의 폭력으로 인해 생겨난 도희의 무표정하다 못해 무미건조한 얼굴. 하나같이 폭력으로 인한 상처가 딱지처럼 내려앉아 생긴 비늘이다. 딱지는 언제고 떨어진다지만, 비늘은 이미 생살과도 같아서 평생을 따라붙는다. 그것을 어찌 벗겨낼 것인가. 어떻게 해야 그 비늘에서 벗어난 삶을 살 수 있을까. 소설의 주제와도 맞닿는 이 질문 앞에선 누구라도 속 시원히 답을 내놓기가 힘들다. 그만큼 지난하고 고통스러운 시간을 전제로써 내려간 소설. "내 안의 상처를 끌어안고도 스스로를 믿을 수 있는 강인한 마음" 없이는 나올 수 없는 소설을, 한 겹 한 겹 비늘을 벗기듯이 힘겹게 읽었다. 그럼에도 남아 있는 비늘이 있다면 그것은 이제부터 독자의 몫일 것이다. 나는 내 몫의 비늘을 보느라 벌써 괴롭다.

김언 | 시인 · 서울예술대학교 문예학부 교수

이수현 장편소설

비늘

푸른사상 소설선

1. 백 년 동안의 침묵 | 박정선 (2012 문광부 우수교양도서)
2. 눈빛 | 김제철 (2012 문학나눔)
3. 아네모네 피쉬 | 황영경
4. 바우덕이전 | 유시연
5. 당신은 왜 그렇게 멀리 달아났습니까? | 박정규
6. 동해 아리랑 | 박정선
7. 그래, 낙타를 사자 | 김민효
8. 드므 | 김경해
9. 은빛 지렁이 | 김설원
10. 청춘예찬 시대는 끝났다 | 박정선
    (2015 우수출판콘텐츠 선정도서)
11. 오동나무 꽃 진 자리 | 김인배
12. 달의 호수 | 유시연 (2016 세종도서 문학나눔)
13. 어쩌면, 진심입니다 | 심아진
14. 흐릿한 하늘의 해 | 서용좌 (2017 PEN문학상)
15. 붉은 열매 | 우한용
16. 토끼전 2020 | 박덕규 (영문판 출간)
17. 박쥐우산 | 박은경 (2018 문학나눔)
18. 우아한 사생활 | 노은희
19. 잔혹한 선물 | 도명학 (2018 문학나눔)
20. 하늘 아래 첫 서점 | 이덕화
21. 용서 | 박 도 (2018 문학나눔)
22. 아무도, 그가 살아 돌아오리라고 기대하지 않았다 | 우한용
23. 리만의 기하학 | 권보경 (2019 문학나눔)
24. 짙은 회색의 새 이름을 천천히 | 김동숙
25. 수상한 나무 | 우한용 (2020 세종도서 교양)
26. 히포가 말씀하시길 | 이근자
27. 푸른 고양이 | 송지은
28. 다시, 100병동 | 노은희
29. 오늘의 기분 | 심영의
30. 가라앉는 마을 | 백정희
31. 퍼즐 | 강대선
32. 바람이 불어오는 날 | 김미수
33. 사설 우체국 | 한승주 (2022 문학나눔)
34. 소리 숲 | 우한용 (2022 PEN문학상)
35. 나는 포기할 권리가 있다 | 채 정
36. 꽃들은 말이 없다 | 박정선
37. 백 년의 민들레 | 전혜성
38. 기억의 바깥 | 김민혜
39. 마릴린 먼로가 좋아 | 이찬옥
40. 누가 세바스찬을 쏘았는가 | 노 원
41. 붉은 무덤 | 김희원
42. 럭키, 스트라이크 | 이 청 (2023 세종도서 교양)
43. 들리지 않는 소리 | 이충옥
44. 엄마의 정원 | 배명희
45. 열세 번째 사도 | 김영현 (2023 문학나눔)
46. 참 좋은 시간이었어요 | 엄현주
47. 걸똘마니들 | 김경숙
48. 매머드 잡는 남자 | 이길환
49. 붉은배새매의 계절 | 김옥성
50. 푸른 낙엽 | 김유경 (2024 문학나눔, 일어판·체코판 출간)
51. 그녀들의 거짓말 | 이도원
52. 그가 나에게로 왔다 | 이덕화
53. 소설의 유령 | 이 진
54. 나는 죽어가고 있다 | 오현석
55. 오이와 바이올린 | 박숙희
56. 오아시스 전설 | 최정암
57. 어둠의 빛 | 한승주
58. 무한의 오로라 | 이하언
59. 그날들 | 심영의
60. 옌안의 노래 | 심영의
61. 달의 꼬리를 밟다 | 안숙경
62. 날마다 시작 | 서용좌 (제43회 조연현문학상)
63. 숨은그림찾기 | 최명숙
64. 아모르파티 | 김세인
65. 그래도, 바람 | 우한용
66. 노을의 기억 | 강명화
67. 명자꽃이 피었다 | 김지수
68. 희망, 여기서부터 시작해야겠다 | 김경숙
69. 고요의 코끼리 | 김동숙
70. 랭보의 권유 | 정라헬
71. 푸른 장미의 비밀 | 심경숙